인생 수필

雲亭 **윤재천**

경기도 안성 출생, 전 중앙대 교수, 한국수필학회 회장, 「현대수필」 발행인

■ 저 서
수필문학론, 수필작품론, 현대수필작가론, 운정의 수필론

■ 수필집
「구름카페」, 「청바지와 나」, 「어느 로맨티스트의 고백」(상, 하), 「바람은 떠남이다」, 「윤재천 수필문학전집」 7권, 「퓨전수필을 말하다」, 「수필아포리즘」, 「구름 위에 지은 집」

■ 수 상
한국수필문학상, 노산문학상, 한국문학상, 올해의 수필가상(제1회), 흑구문학상, PEN 문학상, 조경희문학상

인생 수필
•
인쇄일 · 2020. 11. 25.
발행일 · 2020. 11. 30.

지은이 | 윤재천
펴낸이 | 이형식
펴낸곳 | 도서출판 문학관
등록일자 | 1988. 1. 11
등록번호 | 제10-184호
주소 | 04089 서울시 마포구 독막로 28길 34
전화 | (02)718-6810, (02)717-0840
팩스 | (02)706-2225
E-mail | mhkbook@hanmail.net

값 · 15,000원

ISBN 978-89-7077-613-2 03810

인생 수필

윤재천 지음

문학관books

| 머리말 |

7매 수필로 정리하며

운명처럼 선택한 수필의 길.

수필은 20대 이후 내 머리에서 떠난 적이 없다. 어떻게 하면 좋은 수필을 쓸까, 수필이 독자에게 사랑받는 장르가 되려면 어떻게 해야 할까. 책을 읽으면서도 길을 걸으면서도 자다가도 수필을 생각했다.

오래전 모스크바 여행에서 잠시 수필과 떨어져 있나 했다. 비행기에서 내려 이국의 하늘을 보니 구름은 먼저 와서 나를 내려다보고 있었다. 그 구름의 표정이 가슴으로 파고들었다. 잠시 밀어놓고 머리를 식히려 해도 수필은 내 손을 놓지 않는다. 구름은 수필과 나를 연결하는 매개체다. 운정雲亭과 구름카페가 그것이다.

세상은 빠르게 변하고 있다.

인터넷이 보급되며 정보화와 자동화 생산시스템이 주도한 3차 산업혁명에 이어, 로봇이나 인공지능을 통해 실제와 가상이 통합되는 4차 산업혁명 시대가 되었다. 인간의 감정은 뒤로 물러앉은 느낌이 들지만, 그럼으로 수필의 서정이 더 필요하다.

수필은 인간의 근원적 외로움과 고독, 상처와 결핍을 거름 삼아 각성과 성찰에 이르게 한다. 사회현상을 읽어내고 시대변화에 대응할 단단한 정신과 더불어 인간적 향취에서 위로받고 정화되는 시간을 가져야 한다.

수필은 새로워져야 한다.

급변하는 시대의 요구에 발맞추기 위해 젊은 시절부터 최근까지 썼던 수필 72편을 7매로 정리했다. 이제는 모으는 것보다 덜어내야 할 시간이다. 원고지 7매, 구구하고 절절했던 감정을 매수에 맞춰 줄이는 작업은 나름 의미 있는 일이었다. 시대의 격랑 속에서 열정을 다한 시간이었다. 지나온 삶에서 수정하고 싶은 지점을 만나고, 흐뭇하고 감사한 순간과 대면하기도 했다.

끊임없이 꿈을 놓지 않고 시도하는 것이 수필인의 삶이다. 글을 정리하며 마음까지 가뿐해졌다. 일생 수필과 함께 했듯이 남은 시간도 수필과 함께 흘러가리라 믿는다.

일찍이 수필을 선택한 건 행운이다.

| 목 차 |

chapter 2 작가는 작품으로

chapter 3 또 하나의 신화

chapter 4 수필은 인간학

인생수필

Chapter 1

청바지와 나

청바지와 나

우리 살아있는 동안

겨울의 긴 그림자가 골목 한쪽을 채우고 있다.

누군가를 나 이상으로 소중히 여기고, 그 소중함을 지키기 위해 버텨야 하는 험난한 시간을 불러 세운다. 그를 향한 오롯한 마음을 오랫동안 지탱하려면 인내가 필요하다. 인내가 필요하지 않은 사랑은 자기위안일 뿐, 그 본질에 다가서지 못한다.

사랑은 온유하면서도 참혹하다. 짧은 희열의 순간과 긴 고통의 시간이 교차하기 때문이다.

그을음이 일지 않는 사랑, 그것은 순수한 열정에서만 가능할 것이고, 혼신을 다해 지켜나갈 때 이루어질 수 있다.

사랑을 빙자해 명예와 물질의 풍요를 쟁취하는 사람이 있고, 사랑을 위해 자신의 모든 것을 아낌없이 버리는 사람도 있다. 사랑 앞에서 현명하기는 어렵다.

의무가 아닌 선택으로 이루어진 관계를 단단하게 하는 건 약속 하나밖에 없다. 지켜지지 않는 약속은 애초에 의미가 없다. 약속을 지키는 사랑만이 진정한 사랑이다. 이것은 한 인간으로서 또 다른 한 인간에게 전하는 절실한 자기 맹세이기도 하다.

그에게 무엇인가를 주고, 주고도 더 주고 싶은 안타까운 심정과 그리는 마음만으로 가슴에 온기가 스미는 것이 참사랑이다. 이는 남의 눈에 보이기 위한 수단이 아니라, 자기 스스로 지켜나가는 진실의 실천으로만 가능하다. 사랑의 가치는 스스로를 지킬 때 더욱 빛난다.

사랑은 젊은이들만의 독점물이 아니다. 생의 어떤 시기에도 그 때에 맞는 농도의 특별한 사랑이 필요하다. 사랑은 사람답게 살아가게 하는 동력이며, 안정감을 주는 근원이다. 서로의 가슴에 드리운 무게를 함께 나누는 간절함이 사랑을 공고하게 한다.

살아가는 모습이 영원할 수 없는 것과 같이, 때로는 간절함의 색깔과 깊이가 다르고 방향이 엇나가기도 한다. 서로의 이름을 부르지 못해 빈손을 허공에 대고 휘저으며, 자신의 힘으로 서지 못할 때까지도 약속을 지키려 애쓴다.

너를 향한 언약을 저물녘, 나를 위해 지켜나간다. 약속은 거역할 수 없는 주술의 힘이 있다. 그 힘으로 황량한 겨울을 담담하게 살고 있다.

세월이 지난 다음, 이 세상에 영원히 존재하는 것은 없다. 사랑했던 사람도 사랑 받았던 사람도, 이들을 축복하고 증오했던 사람도 세월 앞에 무력하다.

뜨겁던 순간과 애달프고 아득한 마음들, 이 모든 것은 우리가 살아있는 동안만 의미가 있다.

빛이 없는 곳엔 그림자도 없다. 길게 누운 겨울의 그림자가 차츰 일어선다.

세상의 근원

자연은 태고의 모습을 유지할 때 가장 이상적이다.

인간은 생존의 터전인 지구에 기거하며 그동안 수많은 자연파괴 물질을 사용하고, 편의를 위해 훼손시킨 생태계는 지금 위기상황에 놓였다. 생존을 위해 필요한 자원은 고갈되어 밑바닥을 드러내고 있다.

근시안적 안목과 무분별한 개발로 파괴된 것은 산과 들, 강과 자연경관만이 아니다. 자연의 근원인 생명의 질서를 망가트렸다. 더 안락하게 살기 위해 죽음을 불러온 상황이다.

요즘은 제비가 날아와 살 집을 짓지 못하고, 나비를 찾아볼 수 없다. 그들은 어디로 갔는가. 꽃에 향기가 없거나 꿀이 없기 때문이 아니고, 그들이 살아갈 수 있는 생존조건이 파괴되었기 때문이다.

지구온난화로 자연의 질서가 무너졌다. 봄에 피는 코스모스와 겨울에 피는 개나리, 꽃들은 제철을 잊었고, 수질오염으로 변종 물고기가 나오고 있다. 생태계 곳곳에서 괴이한 변종變種이 나타나 우리를 혼란케 한다.

흔히 꽃을 여자로, 남자는 쾌락적인 삶을 영위하는 나비에 비유하곤 한다. 이 낭만적 해석은 사랑을 주체로 한다. 도처에 사랑 아닌 것이 없다. 모든 생명체는 어떠한 형태로든 사랑 없이는 한순간도 살 수 없는 존재다. 꽃을 번식시키는 것은 나비가 있기 때문이며, 나비도 꽃이 있기에 생존한다.

자연을 지키는 것은 우리를 위한 것, 우리의 생존을 지키는 일이다.

자연을 파괴하는 무분별한 정부 시책에 피켓을 들고 항의하는 것도 때로는 필요하지만, 구호의 표명으로 자연이 살아나는 것은 아니다.

지구오염원 쓰레기인 플라스틱이나 종이컵 같은 일회용

품 사용을 줄이고, 에너지원인 전기와 물을 아껴 쓰며, 가정에서 적정온도를 유지하고 대중교통을 이용하는 일이 환경을 지키는 시작이다. 목청 돋운 구호보다 습관이 되도록 실천하는 것이 절실하다.

제비가 다시 날아와 집을 짓고, 나비는 꽃을 찾아 분주히 춤을 추는, 자연다운 자연 앞에서 인간은 평온해진다. 평온한 중에 사랑이 피어난다. 때로 고통이 찾아와도 그것을 극복하는 힘이 사랑에서 나온다. 아픔을 이겨낸 사랑은 더욱 빛난다.

사랑은 힘을, 무한한 힘을 보유한다. 시들시들 죽어가던 풀잎에 거름을 주면 생기를 되찾는 것은 거름이 사랑의 역할을 하는, 행복의 묘약이기 때문이다.

사람과 자연은 생명의 근원인 사랑이 필요하다.

청바지와 나

나는 청바지를 좋아한다.

다크 블루, 모노톤 블루, 아이스 블루…. 색의 농도와 모양에 따라 많이도 모았다.

모임에도 특별히 눈에 거슬리지만 않으면 나는 청바지를 입는 것이 더 편하고 자신 있다.

요즘은 시간의 빠름을 절감한다.

강의 시간에 늦지 않으려고 마음을 조이고, 퇴근 후 동료들과 어울려 목로주점에서 잘 못하는 술이지만 분위기가 좋아 잔을 기울이는 사이, 시간 열차는 나를 여기까지 데려다 놓았다.

나이를 더하는 것은 안타까운 일도 아니고, 누구에게 투정을 부릴 일도 아니다. 젊음이 투쟁에 의해 얻어진 노획물이 아니듯, 늙음도 잘못의 대가로 받은 형벌이 아니기 때문이다.

몇십 년을 주기적으로 반복하는 강의지만 늘 부담스러웠다. 틀에 박힌 생활, 보직에 따라 주어지는 임무, 선생이라는 이유 때문에 무조건 참아야 하는 이율배반의 처신….

청바지와 캐주얼을 즐겨 입게 된 것은 지나치리만큼 형식에 매달려 규격화된 채 살아온 내 젊은 날에 대한 일종의 반란이거나 보상심리에 기인한 것인지도 모른다.

이제는 눈치 보는 일에서 벗어나 마음을 비우고 살고 싶다. 아무 데나 주저앉아 하늘의 별을 헤아리고, 흐르는 물줄기를 바라보며 돌아갈 수 없는 시간들이 모여 사는 곳을 향해 그리운 이름이라도 힘껏 불러보기 위해서는 청바지가 제격이다.

청바지는 서양 노동자들이 즐겨 입는 작업복에 지나지 않는다. 나는 나로부터 자유롭기 위해 청바지에 간단한 남방차림을 일상복으로 애용하고 있다.

누구 앞에서도 어색하거나 부끄럽지 않다. 격식과 권위를 버린 내 차림새는 다른 사람으로 하여금 심리적 부담을 덜게 한다. 삶의 군더더기를 벗어던지고 나면 허망한 것에 마음을 빼앗기는 것을 멀리할 수 있다.

청바지는 나를 모든 구속으로부터 벗어나게 하는 탈출의 동반자요, 동조자다.

우리에게 중요한 것은 현재의 처지와 나이가 아니고, 진취적 사고와 자신의 삶을 주도하는 자세다. 죽음은 나이에 비례하지 않는다. 의지에 따라 젊게 살 수 있고, 건강하게 오래 살 수도 있다.

누렇게 익은 곡식을 바라보며 흐뭇한 미소를 흘리는 농부처럼 노년을 내 것으로 소유하고 싶어, '청바지가 잘 어울리는 남자'를 꿈꾸며 내 길을 걸어가고 있다.

젊은 노년으로 늘 청바지처럼 질긴 – 구김을 두려워하지 않으며 살고 싶다.

구름카페

나에게 오랜 꿈이 있다.

여행 중에 어느 서방西方의 골목길에서 본 적이 있거나, 추억 어린 영화나 책 속에서 언뜻 스치고 지나간 것 같은 카페를 하나 갖는 일이다.

그곳에는 구름을 좇는 몽상가들이 모여들어도 좋고, 구름 낀 가슴으로 찾아들어 차 한 잔으로 마음을 씻고, 먹구름뿐인 현실에서 잠시 비켜 앉아 머리를 식혀도 좋다.

꿈에 부푼 사람은 옆자리의 모르는 이에게 희망을 넣어주기도 하고, 꿈을 잃어버린 사람은 그런 사람을 바라보며 꿈을 되찾을 수 있는 곳 – '구름카페'는 상상 속에서 나에게 따뜻한 풍경으로 다가온다.

넓은 창과 촛불, 길게 드리운 커튼, 고갱의 그림이 원시의 향수를 부르고 무딘 첼로의 음률이 영혼 깊숙이 파고드는 곳에서 나는 인간의 짙은 향기에 취하고 싶다. 천장과 벽에는 여러 나라의 풍물이 담긴 종을 매달아 문이 열리거나 바람이 불 때 신비한 소리가 들려 사람들의 영혼을 일깨워주고, 다른 한편에는 세계의 파이프와 민속품을 진열해 구름처럼 어디론가 흘러가야 하는 사람들의 발길을 머물게 하고 싶다.

눈만 뜨면 서둘러 달려와 책장을 뒤적이고, 사람을 만나는 조그만 연구실이 있는 곳은 서초동 꽃마을이다. 집을 떠나 연구실에 이르는 동안, 구름카페에 대한 동경은 가로수가 늘어선 길목에 눈길을 머물게 한다. 플라타너스가 손에 잡힐 듯한 길목을 지나면서, 은은한 조명에 깊은 의자가 편히 놓여 있는 찻집 앞에 서면 구름카페가 현실로 이루어질 것 같은 기분 좋은 착각에 빠진다.

그 장소가 마련되면 한 시대를 함께 지냈다는 사실만으로도 영원히 떠나보내고 싶지 않은 사람들을 초대하여 향기 짙은 차를 마시며, 비 오는 날엔 비를, 눈 내리는 날에 눈발을 함께 바라보며 마음을 나누고 싶다.

프랑스의 '뒤마고 카페문학상'은 상장과 메달만 수여하면서도 작품과 작가 선정에 엄격하여 권위가 있다. 만약 내가 한 묶음의 장미꽃을 상품으로 수여하는 상을 만들 수 있다면 시상식 장소는 구름카페가 제격일 것이다.

'구름카페'는 내 생전에 존재할 수 없는 것이어도 괜찮다. 그곳은 숱하게 피었다가 스러지는, 사랑하는 사람들이 곁에 있어 어디서나 만날 수 있고 느낄 수 있는 행복의 장소로 우리 곁에 이미 존재하는지도 모른다.

꿈은 현실에 존재하지 않기에 더 아득하고 아름다운지도 모른다.

나는 꿈으로 산다. 그리움으로 산다. 가능성으로 산다.

오늘도 나는 구름카페를 그리는 것 같은 미숙한 습성으로, 문학과 함께 생활 속의 레일을 걸어가고 있다.

바람의 실체

오늘도 바람이 분다.

바람은 어제의 길을 지나 내일로 향하고 있다.

바람은 도처에 가득하지만 우리의 공간을 비좁게 만들지는 않는다. 누구의 눈에도 보이지 않지만 아무도 바람의 존재를 의심하지 않는다.

바람은 때로 처참한 결과를 몰고 오는 악마의 속성을 지니고 있으나, 부드러운 손길로 지친 가슴에 위안을 주기도 한다. 죄악으로 인식되는 파란을 일으키기도 하고, 지쳐있는 사람에게 싱그러움을 안겨주기도 한다.

바람은 양면성을 지니고 있다. 이것은 삶의 모습과도

같다.

바람은 잠재워져 있던 가슴으로 스며들어 사유思惟의 뿌리를 흔들고, 어찌할 수 없는 절박함에 되살아나기도 한다.

바람이 전하는 무수한 이야기에 귀 기울이다 보면 산다는 일은 참으로 소중하다. 그 소중함은 의욕과 그리움일 수 있고, 아픔일 수도 있다. 떠도는 바람의 체온에 자신의 온기를 확인할 수 있을 때, 우리는 바람의 본질과 마주한다.

바람, 그것은 간절한 기다림이다.

바람은 자아성찰을 강요한다. 삭풍에 쓸려가는 나뭇잎처럼 우리 가슴에 내재한 고통을 바람은 휘몰아낸다.

인간의 완성은 더하기가 아닌 빼기에 의해서 이루어진다. 하나하나 붙여가며 이루려는 것은 욕심이다. 소중한 것은 하나하나 잘라버리면서 우리는 자신을 발견하는 법을 배운다. 가지치기는 나무를 죽이는 작업이 아니고 살리기 위한 일이다. 이는 바람이 우리에게 전하는 말이다.

바람은 떠남이다.

사람들은 각기 떠남에 익숙해져 있다. 처음에는 처절하

게 아파하지만 반복되는 가운데 그 아픔마저도 떠나게 된다. 우리는 8할의 바람을 안고 산다. 2할의 확신과 함께. 그 2할의 확신도 절반은 바람이다.

머무는 곳마다 뿌리를 내리다 멀리 떠나는 것이 바람의 실체다. 흔적을 남기지 않고 사라져 버리는 떠남이다. 바람이 떠나간 자리를 바라보며 우리는 바람의 본모습을 다시 한 번 확인하게 된다. 빈자리에서 그 존재가 더 선명해지는 바람, 그러기에 아무도 바람의 길을 막을 수 없다. 그저 바라보며 느끼고 무상함을 절감한다.

우리는 모두 떠나면서 시작한다.

한평생 바람을 안고 산다. 우리의 뿌리는 바람 속에 있지만, 가볍게 포기하지 않고 사는 것도 바람 때문이다. 바람은 눈에 보이지 않으나 견고한 확신이며, 지구에 가득하지만 묘연한 모습이다. 바람은 우리가 희구하는 가장 완전한 자유의 모습이다.

오늘도 바람이 분다.

촛불

갑자기 찾아드는 별빛이 온몸을 감싸 안은 듯하다.

빛이 유난히 정겹게 느껴질 때, 이제까지 느꼈던 답답함이 형언할 수 없는 기쁨으로 번진다. 어느 날은 빌딩 뒤에 숨어 있던 달과 빠른 속도로 지나가는 자동차 불빛마저 색다르게 가슴에 남을 때가 있다. 마치 빛의 광도가 주위를 환하게 밝히듯, 그 빛의 범위 내에서 살아있다는 안도감이 든다.

그런 날, 밤에는 촛불을 켠다.

나는 이 순간 원시의 한 주민이 되고, 갈망의 주체가 된다. 더러는 투박하고 남루한 지난 시간들마저 그 촛불 아래 보인다. 덩그러니 넓은 빈방에 혼자 있는 편안과 포근함은 문명의 도구 앞에서 느꼈던 것과 비할 바가 아니다.

여러 형제가 좁은 방에서 어울려 지내며 너도나도 공부방 갖기를 희망하면서 잠들던 나날이나, 발이 돌부리에 채어 신발이 쉬 해지고 넘어져 무릎이 깨지던 기억들이 아름다운 풀꽃처럼 느껴지는 것도 이 촛불 아래서다. 모든 것이 새로운 모습과 의미로 되살아난다.

우리는 이 세상에서 사람에 의해 온전히 위로받을 수 없다. 절절한 안타까움이 잠시 잊어질 수는 있지만, 인간의 근본적 고독은 남이 대신할 수 없다.

촛불 아래 앉아, 겸허하게 자신 속에 침잠한다. 촛불이 타들어가는 모습을 보며, 우리는 가까이에서 살을 비비며 살았던 사람의 모습을 발견한다. 이는 소중한 것을 지키기 위해 연연하는 마음과 함께 마지막 남은 순수이기도 하다.

우리가 언제 마음껏 소리라도 질러 보았는가. 우리가 언제 실컷 울어 보았는가. 사회의 작은 구성원으로 자릿값을 하느라 얼마나 힘겨웠는가. 메마르고 각박한 현실 속에서도 우리는 용케 잘 참아오지 않았는가. 저 촛불의 가련한 광채처럼…. 그는 아무 말도 하지 않는다.

가끔 촛불 아래서 책을 읽거나 음악을 들을 때는 오관이 아닌 가슴으로 스며옴을 느낀다. 그때의 나는 세상에 혼자다. 나이도 이름도 내가 하고 있는 모든 일도 나와 무관하게 느껴진다. 다만 촛불 아래 모인 것들만 낯익을 뿐이다.

나는 과연 무엇인가. 상념들을 머릿속에서 말끔히 털어버린다. 촛불만을 바라보며 녹아내리는 촛불과 열렬한 생의 의욕 같은 불꽃만을 바라본다.

이제 나답게 살고 싶다. 높은 학문이나 사람들의 갈채를 위해서 살지 말고 나다운, 나일 수밖에 없는 것에 나를 태우고 싶다. 허장성세가 아닌, 초로草露처럼 비쳤던 나, 언젠가는 옛사람이 되어버릴 나를 위해 이 밤도 나는 촛불이 되고 싶다.

촛불이고 싶다.

나무처럼

사람이나 사물은 있어야 할 자리에 있을 때 돋보인다.

심심산중에서 자라는 나무들은 저희끼리 어울려 햇빛을 나누어 받으며 자란다. 길가의 가로수도 때맞춰 가지가 잘려 나가지만, 계절이 바뀌면 어김없이 줄기를 늘이고 이파리를 키우며 도심의 산소 역할을 한다. 정갈한 정원에서 자란 나무는 보살핌의 손길에 따라 꽃을 피우고 열매를 맺는다. 나무는 어디에 있건 말없이 제 몫을 다하고 있다.

매주 수요일마다 지나는 길가에는 훤칠하게 자란 메타세쿼이아가 열병식을 하는 병사들처럼 줄 맞춰 키를 높이고 둘레를 넓혀간다. 삭막한 도시를 녹색 해방구로 만들어 보는 눈을 즐겁게 한다.

충남 보령에서 배를 타고 한 시간 정도 들어가는 그 섬에는 동백나무 두 그루가 하나의 몸으로 거듭나 연리지로 살아간다. 연리지 사이를 걸어가면 사랑이 이루어진다고 '사랑나무'라고 부른다. 뿌리가 다른 두 그루 나뭇가지가 서로 맞붙어 하나의 나뭇결로 이어져 있다. 기형인 상태로 햇볕을 쬐고 서로 의지하고 물을 마시며 함께 성장한다. 연리지를 억지로 분리하면 시들어 죽는다.

사람의 관계도 맞붙어 머리를 자아내야 상승의 에너지를 발산하는 윈윈 관계가 있다. 서로 바라만 보아도 힘이 되어주는 관계 - 그 역할은 혼자서는 불가능하기에 더욱 소중한 관계다.

격려와 칭찬은 말 못하는 나무에게도 생명력을 불어 넣을 수 있다.

상대의 결점을 다독여주고 좋은 점을 세워주는 것은 함께 성장하는 포옹임을 연리지를 통해서 깨닫게 된다. 나무를 보며 사람의 이치를 알고, 사람의 일을 보며 천지를 가늠하게 된다.

아름드리나무도 씨앗 하나에서 발아하고, 천불천탑千佛天塔도 하나의 돌멩이에서 시작되는 것처럼, 사람과의 관계도 작은 정성과 신뢰가 쌓일 때, 아름다운 울타리를 만들 수 있다.

들판의 나무처럼 홀로 우뚝 서 있거나, 정원사의 손길 따라 줄지어 서 있거나 나무는 자신의 독특한 향미를 만들어 갈 때, 진정한 평화와 자유를 느끼게 된다.

나무는 말이 없지만 많은 말을 생각하게 한다. 바람 사이를 스치는 이파리 하나하나에 빛나는 말이 매달려 있다.

말의 파장은 빛보다 더 멀리, 빛보다 더 빠르게 뻗어 나가고 있다. 나무들은 그 사이로 바람을 내보내며 햇빛을 받아들일 뿐, 아무런 원망이 없다.

말을 하지 못해 외롭고 말을 많이 해서 고독할 때, 나무들이 서로 의지하며 살아가는 그 섬으로 떠나고 싶다.

나무는 내게 다시 일어설 힘을 준다.

손바닥으로 가린 하늘

강렬한 빛의 이면에는 그에 상응하는 짙은 그림자가 드리워진다.

세상은 그 속성에 반한 새로운 이면이 존재한다. 모든 질서는 절대적인 것에 의해 움직이는 것이 아니라, 상대적 근거와 판단에 의해 '반응'한다. 이런 이론으로 갈등이 빚어지기도 하지만, 자극제가 되어 조화를 이루기도 한다.

선과 악도 절대적인 것이 아니고 편의적 구분에 지나지 않을 수도 있다.

사촌이 땅을 샀는데, 왜 내 배가 아파오는 걸까. 남의 경사스러운 일을 전해 듣는 내 가슴이 허전하고 아린 것은 왜일까. 불행한 처지에 놓여 절규하거나 망연자실한 친지 앞에서 위로를 전하는 말과는 달리 마음 한 켠에 미소를 머금는 악마적 심사는 우리가 갖고 있는 이중적 일면이다.

이는 주변에서 누구보다 자신이 우월한 위치에 있고 싶고, 또 있어야 한다고 고집하며, 누구든 자신을 추월하는 것을 용납하지 않는 자기중심적인 욕심 때문이다. 상대의 신분 낙하落下나 몰락이 힘 안 들이고 수확한 덤으로 여기는 유치한 마음에서다.

남에게 닥친 손해가 나에게 이익이 되어 돌아오는 것이 아니다. 어리석고 사악한 일면에서 비롯된 폐해는 결국 자신에게로 돌아갈 것이다.

한번 세운 뜻을 굽히지 않고 초지일관하는 모습은 믿음직스럽다. 일부 지도자 중에 해바라기 속성을 처세로 조변석개하는 것을 보면, 이해관계도 없이 추하게 느껴진다. 이는 지조와 절개를 중시했던 우리의 전통적 가치관이 깊이 자리하고 있기 때문이다.

인간은 얼마나 표피적 존재인가. 상대를 안다는 사실만으로도 든든한 둔덕이 되어주기도 하지만, 가까워야 할 것은 멀고, 멀리 있는 것은 오히려 친근하게 여기는 것을 볼 수 있다.

개인과 개인, 국가와 국가 간의 관계, 종교 사이에도 이해관계가 얽혀있어 갈등은 날이 서 있다. 자신의 이익 앞에 저마다 극단을 치닫고 있다. 피를 나눈 형제가 남보다 못할 경우가 있고, 국제관계에서도 오늘의 우방이 내일의 적이 될 수 있다.

한 피를 이어받은 동족이 서로 상대의 권위를 흠집 내기 바쁘고, 이데올로기에 의한 남북관계, 선린우호니 맹방이니 하면서도 서로 감정이 나쁜 일본과의 사이도 예외가 아니다.

남의 가슴에 못을 박는 일은 '업보'를 더하는 일이다. 이 악순환의 고리를 끊는 길이 우리를 지켜나가는 유일한 방도다.

진실은 묻어놓아도 언젠가는 제 모습을 드러낸다. 사실이 아닌 것을 묵혀두었다고 사실이 되지 않듯이 거짓은 끝까지 거짓일 수밖에 없다.

옹색한 손바닥으로 가없는 하늘을 가릴 수는 없다.

구름

구름에 매료되었다.

1989년 모스크바 공항, 트랩을 내려오며 하늘을 올려다본 순간부터다. 구름은 먼저 와서 나를 바라보고 있었다. 버릇처럼 바라본 하늘에서 조금 슬픈 표정으로 나를 응시하던 그 구름의 표정에 동화되기 시작했다. 내게 무언가 말하고 싶은 표정을 읽었다.

그 땅에도 구름이 올 수 있고, 코발트 빛깔의 하늘이 있다는 사실이 그렇게 신기할 수가 없었다. 그곳을 여행하는 동안 나는 줄곧 구름을 바라보는 일에 열중했다.

짐을 더 챙겨야 할지, 서둘러 왔던 길을 돌아가야 할지,

언제나 마음을 결정하는 데 절대적 기여를 했던 것이 구름이다. 내가 하늘을 올려다볼 때마다 말없이 그윽한 눈빛으로, 혹은 어두운 표정으로 자신의 의사를 피력하곤 했다. 늘 나를 내려다보면서 내 짙은 외로움을 위로해주었다.

내가 아호를 운정雲亭 – '구름카페'의 주인이 되고 싶다고 한 것도 이 때문이다. 구름과 마주하고 싶어 붙여진 이름이고 소망이다.

내 삶의 많은 부분이 구름과 다르지 않다. 아무 말 없이 흘러가는 대로 가다 눈물을 흘리는 것으로 그리움을 삭이고, 분노를 빛과 소리로 분출하는 구름, 나는 비가 내리거나 번개와 천둥이 주변을 어지럽힐 때면 그의 표정을 가만히 살핀다. 그의 울음이나 감정의 폭발을 묵묵히 바라보는 것이 사랑의 표현이라고 믿어서다.

훗날, 가능하다면 나는 구름으로 태어나고 싶다. 그동안 쓴 글이나 누군가와 나누었던 말, 평생 동안 했던 강의까지도 구름과 같은 존재로 여긴다. 어떤 평가를 받을지는 상관하지 않는다. 이미 나를 떠나 허공에 흩어진 것들이다. 때론 비가 되어 목마른 생명의 목을 적실 수 있으면 다행이지만, 그렇지 않아도 도리가 없다. 나의 길에 누군가를 찾아 동행을 권하지 않고, 겸허한 마음으로 바람에 맡기려 한다.

맑은 날이면 밝은 차림으로 길을 나서서 갈 수 있는 곳까지 유유히 산책하고, 물을 필요로 하는 생명이 있으면 물을 가져와 생명을 살리고, 그러다 지치면 카페로 돌아와 조용히 쉬고 싶다.

장미 한 송이만 가져도 세상을 다 가진 것처럼 기뻐하는 사람들을 초대해, 오래된 포도주로 갈증을 풀어주고, 정성스레 차를 끓여 대접하고 싶다. 그들의 환한 얼굴을 바라보며 많은 이야기를 나눌 수 있게 촛불이나 등잔에 불을 밝힐 것이다.

이것이 내 소망이다.

이제 무엇이 더 필요한가.

내 문학은 그런 삶을 살기 위한 준비였을 뿐이다.

지금도 구름이 내 곁에 와 나를 바라보고 있다. 나는 그를 위해 어떤 준비도 할 필요가 없다. 일상의 모습으로 그와 마주앉아 서로 바라보고만 있어도 행복하다.

겨울 서정

문을 나서면 겨울이 얼마나 깊었는지를 실감한다.

어느 것 하나 여유 있어 보이지 않는 삭막함 속에서 우리가 만나려 하는 것은 몸과 마음을 휘감는 온기溫氣가 그립기 때문이다.

거리로 나와 걷다 보면 마치 세상에 혼자 남은 것 같은 기분이 들 때가 있다. 종종걸음으로 거리를 지나 골목으로 들어가는 사람들, 그들의 자취를 밝히는 가로등, 어디에나 들어찬 싸늘한 바람 – 이런 것들이 겨울의 정경이다.

겨울은 우리를 자신으로 돌아가게 하는 계절이다.

하얗게 눈이 덮인 산하와 도시의 정경을 바라보며, 겨울이 얼마나 가슴으로 살아야 하는 계절인가를 확인한다. 차가운 것이나 얼어버린 것이 아닌, 영원히 떠날 것 같지 않은 존재로 가슴에 뜨거움을 전하는 고운 기억으로 빚어진다. 눈 위를 오가며 기억을 꺼내보면 모든 것은 그리움 하나로 모아진다.

눈을 맞고 있으면 나는 언제나 광활한 대지에 홀로 선 나무가 된다. 강한 생명의욕을 안으로 침잠하고 밖으로 의연히 서 있는 그런 나무가 된다.

날씨가 유난히 차가운 날이면 금시 달려가고 싶은 곳이 고향이다. 절절 끓는 아랫목에 모여 가슴 가득 서려 있던 정을 쏟아내며 겨울을 녹인다. 쇠죽을 끓이기 위해 장작을 피우는 일은 겨울을 불사를 만큼 뜨겁고 우리의 정만큼 따뜻하다. 겨울을 사는 일은 우리 삶에 절실한 부분을 가로질러 가는 일이다.

삶은 사계四季와 다르지 않다.

봄을 지나 여름으로 들어서고, 가을을 스쳐 겨울을 사는 우리는 그 모든 것의 의미를 이 계절의 복판에서 만난다.

겨울은 고난의 시기가 아니며, 침잠의 계절이 아니다.

강물이 풀려 다시 흐르고, 겨울을 이긴 진달래 뿌리가 꽃을 피우듯, 때론 고통이기도 하고 힘겨운 몸놀림이기도 하나, 우리는 풀려날 내일이 있기에 쉼 없이 앞으로 나아가고 있다.

전통의 가치는 새로운 모색의 발판이 된다. 삶의 순간마다 맺혀지는 아픔과 시련이 오히려 우리에게 용기와 신념을 굳혀주듯, 겨울이 우리에게 전하는 메시지는 힘차고 강하다. 모든 것이 풍족하고 안온한 것이 행복한 삶이라고 말할 수 없다.

우리는 겨울이 전하는 소리에 귀를 기울여야 한다. 겨울이 우리와 함께 오늘을 살고 있는 것은 우리 삶에 꽃을 피우기 위한 과정이다.

우리의 작업은 겨울의 문턱에서 출구까지 영구히 이어질 것이기에, 그 모든 것은 온기 서린 것이어야 한다.

그 온기를 보듬은 채 봄을 맞을 준비를 해야 한다.

바 다

바다는 잠잠하다.

상상하는 것만으로도 그 신비스러움에 답답한 가슴이 열릴 것 같다.

거품을 물고 달려와 땅 위로 올라올 듯한 기세였다가 운명적 한계를 자인하며 뒷발질로 한 발자국 물러난다. 끊임없이 도전하는 바다, 바다의 위용 때문에 인류의 삶은 물가에서 비롯되었으며, 바다는 모든 생명체의 고향이라고 할 수 있다.

우리의 삶은 바다의 속성을 답습하고 있는지도 모른다. 힘에 부쳐 무릎을 꿇을 때까지 그 무엇인가에 도전하며 마침내 생을 포기하고 깊은 잠에 빠져드는 것이 우리의 한평생이다.

나는 바다와 인연이 없는 곳에서 태어나 평생을 살았지만, 마음 한복판에 늘 바다를 담고 살아간다. 내가 그리워하는 바다는 대서양이나 지중해, 태평양과 같은 대해가 아니다. 내가 염원하는 바다는 사람과 가까이 있고 함께 더불어 사는 바다다. 바다는 주변 사람들을 이웃처럼 여기고, 사람들 또한 바다를 집 앞의 텃밭으로 여기며 해가 뜨면 두리둥실 바다로 나간다. 바다 위에 어둠이 내려 보이지 않아도 동이 틀 때까지 기다리곤 한다.

바다는 때로 벽에 걸어놓은 풍경화 한 폭으로 서 있기에, 무심코 고개를 들어보면 어느새 슬며시 다가온다. 광활한 바다가 가슴에 안긴다.

나는 이런 바다를 수년 전, 강원도 주문진읍에서도 만났다. 활처럼 완곡하게 휜 해안선을 따라 사람들이 모여 사는 – 바다조차 이곳의 주민인 것 같았다.

바닷물을 끌어들인 대형 수족관에 오징어와 청어, 횟거리를 담아놓고 '싱싱함'을 목청껏 외쳐대는 생명의 소리가 활기차다.

여름에는 다른 때보다 더 많은 사람들이 이곳을 찾아 몰려들지만 봄이나 가을, 겨울에도 주문진을 찾는 사람들이 많다. 해수욕이나 바다의 정취를 즐기기도 하지만, 열심히 사는 사람들의 일상의 축제에 동참하기 위해서다.

바다와 대면하고 서면, 지금 우리가 잃어가는 진중함과 신의, 우정, 배려, 인간관계들을 떠올린다. 어떻게 살아야 슬기로운 처사인가를 바다에 물어본다. 바다는 짙푸른 모습 그대로 우리를 성찰케 하려고 하루 종일, 밤새껏 그 자리를 지키고 있는지도 모른다. 자연만큼 위대한 스승은 없다. 바다는 누구의 감언이설이나 리베이트에 귀를 기울이는 법이 없기 때문이다.

인류의 유일한 거처인 '지구地球'라는 이름의 푸른 광장에 가장 넓게 포진하고 있는 것은 바다이므로 그 자체만으로 신의 헤아림을 느낄 수 있다.

누구나 한 번쯤 바다를 찾아 바닷물에 손과 발을 담그고, 눈과 귀를 씻을 필요가 있다. 바다는 변함없이 35%의 염분 농도로 그 정체성을 지킨다.

해바라기

예부터 인심이 천심이라 했지만 오는 21세기에는 어림없는 말씀이다.

태양을 따르는 해바라기엔 차라리 순정이라도 있지만 돈을 따라 하루 종일 고개를 회전해야 하는 이들은 가엾기 그지없다. 아무리 못난 놈도 누굴 속이고 사기를 치건, 돈을 좀 벌었다 하면 으쓱대는 세상이다.

돈이 곧 태양 – 수많은 눈물이 애소를 띠고, 머리를 곧추세운다. 두 눈은 충혈된 채….

돈을 가진 사람의 역량이나 인물 됨됨이 같은 것은 아무래도 좋다. 오로지 돈을 가진 사람이 되어야 한다. 권

세 가진 사람이 되어야 한다. 돈이 없으면 목이 비틀리고, 권세가 없으면 짓밟히는 세상이다. 나도 짓밟고 일어서야겠다. 완력이라도 휘두르고, 없어도 있는 척하며 몰라도 아는 척해야겠다. 아무것도 아니어서는 안 되겠다.

내가 먼저 살고 봐야겠다. 줄기찬 집념들이 머리를 든다.

친구를 헐뜯고, 없는 말을 만들어 모략하지 않는 우정의 세계를 이어가는 사회는 요원한가. '우정에는 승부가 없다.' 절실하게 그리운 말이다.

제발, 수단과 방법과 목적의 혼용을 바로잡았으면 한다.

경기가 나쁘다고 해도 큰 백화점에는 사람들이 북적이고, 유명한 미술전시회나 공연장에도 사람이 가득하다. 부자도 많고 문화인도 많다. 돌아보면 잘난 사람이 지천이다.

신문에서 자주 접하는 대기업의 부정과 탈세 소식에 이제 흥분하지도 않는다. 간혹 식당을 하며 번 전 재산을 장학금으로 내놓은 할머니나 시장에서 장사를 하며 불우이웃돕기에 거금을 내놓았다는 아주머니의 기사를 보면 마음이 불편해진다.

돈에도 급수가 있다. 일확천금, 검은돈은 부정한 일을 할 때 쓰이고, 땀내 나며 번 돈은 선의를 위해 쓰이나 보다. 세상은 부익부富益富의 현장이다.

어디서부터 잘못을 찾아야 할까.

어딘가 곪아 가고 있다. 깊이 화농해 가고 있다. 이젠 항생제로는 화농을 제거할 수 없게 됐다. 외과의를 찾아 환부를 도려내야 한다.

누가 외과의가 될 수 있는가.

누가 올바른 진단을 내려 제대로 치료할 수 있는가.

돈은 태양이 될 수 없다. 고달픈 해바라기 목은 이제 쉬어야 한다. 앞으로는 청정한 돈이 건강한 사회를 끌어가야 한다.

순수한 열정과 빛나는 이상을 가슴에 품고 해바라기 흐드러진 벌판에 서서, 석양을 바라본다.

거기 노랗게 익어가는 희망이 피어난다.

고독이 아름다운 계절

휘청거리고 있는 나를 흔들어 깨워 거리로 내몰던 아침, 철저하게 나로 돌아와 어느 정도 이격된 거리에서 낯설어 보이기까지 한, 또 하나의 나를 만날 수 있는 계절이다.

텅 빈 것 같은 거리와 굳게 닫힌 문을 스쳐지나 잎을 떨군 채 묵상에 잠겨있는 나무 앞에 서면 비로소 고독과 그것이 잉태하는 자유가 어떤 것인가를 실감하며 한없는 평화에 젖는다.

채우려는 욕망보다 버림의 미학이 한 수 위임을 실감하는 것도 바로 이때다.

모든 것이 뒤범벅된 채 혼란하고, 때로는 뒤처져 따라 오느라 허덕이던 지난날들, 스스로 참회하며 고개를 숙일 수밖에 없는 이 세기世紀의 끝 '겨울'이라고 이름 붙여진 편안한 쉼터가 마련되어 있다는 사실은 참으로 고마운 일이다.

스쳐 떠난 사람들에게 홀로 남겨진 내가 어떤 모습이었을까를 마음 쓰지 않아도 되는 계절의 문턱에 들어서서 나의 건재함을 확인한다. 그것은 하얀 도화지 위에 선명한 빛깔로 드러난 자기 존재에 대한 나르시시즘 때문이고, 소망했던 일상으로부터 탈출에 성공한 안도감과 새로운 기대감 때문이다.

무엇을 찾기 위해서나 그 누구를 기다려서가 아닌, 그냥 바라보기 위해서 창과 마주한 내 눈은 무엇인가를 찾아 방황한다. 밤을 뚫고 올라 하늘을 비상하는 불빛 아래서 사람들은 어떤 생각을 하며 누구와 얘기를 나눌까. 차를 몰거나 걸어서 거리를 오가는 사람들은 각자 자신의 일로 분주하다.

눈이 내렸으면….

겨울에는 특별한 이유 없이 하늘을 볼 때가 많다. 겨울의 본모습은 눈 내리는 풍경이다. 이때, 마음은 일상으로부터 훌쩍 떠나 홀가분해질 수 있다. 눈을 맞는 일은 고단한 삶의 역정에서 가슴 두근거리는 휴식이며 외출일 수 있다.

비록 눈이 녹아 발끝에서 질척거릴 땐 처음부터 인연이 아닌 사랑의 회한처럼 귀찮지만, 순백의 체취와 환한 빛깔로 세상에 존재하는 모든 것과 잠시 결별할 수 있다. 눈은 이내 녹기 때문에 애틋하고, 아름다울 수밖에 없다.

겨울은 끝이 아니라 싱싱한 꿈틀거림이고 출렁이는 파도다. 그것은 분노가 아니다. 그냥 일어섬이고 주저하지 않음이다. 그것은 원래의 자리로 돌아오는 계절이다.

겨울은 겸허한 의미를 깨닫게 하기 위해 신神의 배려로 마련된 때다. 피곤한 육신을 쉬게 하며 정신적 여유를 배양할 계절이다. 현란한 빛깔로 출렁이는 현실만이 아름다운 모습이 아니다.

침잠할 수 있는 지혜를 이 겨울 동안에 마련해야겠다.

만년과도기

중국 황하는 백년하청이라 했다.

강물이 맑고 푸른 날이 없다는 뜻이다. 강물이 맑고 푸름은 인간의 뜻대로 할 수 있는 일이 아니다. 기후와 풍토로 인해 강물이 맑지 않으니 아무리 맑은 강을 기다리며 백 년을 보내도 푸를 수가 없다.

우리의 역사는 수난과 고난으로 점철되었다. 역사적 큰 사건이 지날 때마다 무서운 소용돌이가 생긴다. 그 와중渦中으로 휩쓸리기도 하고, 한발 잘못 딛고 거센 물살에 휘말리기도 한다. 휘몰아친 물살은 흐르고 난 다음 여울이 진다. 잔잔하든 거세든 한번 여울이 지면 이 여울을 건너야 한다. 우리는 늘 소용돌이를 두려워하고 거센 물길을 건너가기 힘들었다. 이런 일이 잦아지자 습관이 되었고, 구실을 만들었다.

과도기, 이런 시기를 일컫는 말이다.

급변하는 사태는 우리를 어리둥절하게 만들고, 과도기는 길어진다.

해방 후 지금까지 우리 국민은 크고 많은 일을 거쳐 왔다. 일제 강점기 - 굴욕의 시간을 지나, 준비 없이 맞은 해방은 자유의 기쁨을 혼란에 빠뜨리고, 6·25의 민족적 수난을 겪어야 했다. 사변의 참해를 겪고 휴전이란 푯말 앞에서 부흥과 복구에 집념하면서, 그 집념이 타성과 나태로 변했다. 사리사욕만 일삼던 집권에 대한 반발로 학생의 분노는 4·19의거를 맞았다. 정치적 혼돈으로 우왕좌왕하면서 또 비극을 맞아야 했다. 이 시기만 건너고 나면 모두 화평하리라 믿으며 각자의 자리에서 고된 땀을 흘리기도 했으나 혼돈의 시간은 오래 지속되었다.

불안정한 경제와 정치상황을 서로 상대편을 향한 공격의 구실로 삼고, 변하지 않는 자신을 변명하기 바빴다. 안 되는 건 조상 탓이요, 해보기도 전에 과도기 탓이라고 미루었다.

어제의 일을 발판 삼아 오늘을 딛고 내일은 발전하고 달라져야 한다. 내일이 어제와 같다면 우리 사회는 침체되고 정지된 상태에 머물게 된다. 그것은 생명활동을 멈춘 상태와 같다. 살아있다면 끝없이 새롭게 작동해야 한다.

우리에게는 고쳐야 할 낡은 유습과 현대적 모순이 도사리고 있어 사회발전을 지체시키고 있다. 세대 사이의 갈등이 깊어지고 있다. 그릇된 전통은 바꾸고, 현대적 모순도 긴 안목으로 수정해야 한다.

이제 여울물이 말끔히 빠지고 질펀하던 흙탕도 굳어졌다. 걸핏하면 내휘두르던 '과도기'란 말은 이제 아주 잊어버려도 좋다.

황하가 푸르기는 불가능하다. 황하는 원래부터 황하였기 때문이다. 황하는 백년하청이지만, 우리 현실의 '만년과도기'는 흘려버려야 한다.

눈물

맹렬하던 여름의 열기가 한풀 꺾여 꼬리를 보이기 시작한다.

시절에 맞춰 머물다 때가 되면 모든 것을 내려놓고 물러날 줄 아는 자연의 질서 앞에 절로 고개가 숙여진다.

먼 산의 그림자 빛깔이 눈에 띄게 짙어졌다. 아직 한낮 땡볕의 위세는 여전하지만, 그늘에 들어서면 한기가 느껴지니 마음이 산란해진다. 가을의 가슴속엔 무엇이 들어 있기에 좀처럼 마음을 추스를 수가 없다.

그동안 가을을 수많이 맞고 보냈으니, 이제 의연해질 때도 되었는데 아직도 익숙지가 않다. 조금 지쳐있는 것도 같고, 마음에 키워왔던 기다림을 송두리째 포기해 버린 사람처럼 가을의 풍광은 연민에 젖어 평상심을 흔들어 놓는다.

가을은 남루襤褸가 더 초라해 보이고 짙은 화장도 가면 같아서 애처롭다. 공연히 애잔한 무언가 치밀어 올라 눈물을 만들어 놓고 사라지곤 한다. 사람을 만나고 헤어져 골목으로 들어설 때, 석양이 붉게 물들거나 주변이 조금씩 어두워져 쇼윈도에 불이 켜질 때도, 불빛과 맞닥뜨리면 갑자기 콧등이 싸해지면서 눈물과 만난다. 때론 주체할 수 없을 만큼 흘러내려 당황한다.

어떤 비감悲感일까.

옛날, 한 망국亡國의 임금은 자신의 신하들이 적국의 노예가 되어 갖은 고초를 당하는 모습을 보고 땅을 치며 울었다. 후회와 슬픔에 휩싸여 참을 수가 없었다. 그러나 자신의 아내와 딸이 노예가 되어 모진 채찍을 맞으며 피투성이가 되어 무거운 짐을 나르는 모습을 보고는 눈물 한 방울도 흘리지 않았다. 슬픔이 극에 이르러 있기에 울 수조차 없었던 것이다.

사람에 따라 눈물을 슬픔이라고 해석하지만, 눈물의

의미를 그것 하나만으로 한정하는 것은 닫힌 해석이다. 통렬한 슬픔의 늪에 빠진 사람은 눈물을 흘릴 여유가 없다.

눈물은 헤아릴 수 없이 많은 의미를 품고 있다. 슬플 때는 물론이며, 억울한 일을 당했을 때, 감격에 겨워, 깊이 감동할 때, 환희에 넘칠 때, 눈물은 또 하나의 언어가 된다.

나의 눈물은 어떤 의미를 담고 있는 것일까.

나는 스스로 내 눈물이 나를 지탱케 하는 생명의 원천이라고 생각한다. 내 뿌리를, 내 온몸을 적시는 버팀목으로서의 생명수 – 나는 눈물을 통해서 자연과 소통하고, 사람의 마음을 헤아리며 가을의 의미를 만나고, 새롭게 태어나는 카타르시스를 느낀다.

가을은 곱고 알찬 열매를 만들어내는 값진 시간이다. 나는 이 비옥한 땅 위를 흔들림 없이 눈물을 흘리며 걷고 싶다. 그것은 나의 진실과 나의 온전함을 지키는 길이다.

이 아름다운 계절, 가을에 나는 눈물로 화답한다.

머리는 좋은데

현대는 복잡해지고 속도로 육박해 오고 있다.

사소한 일에도 두뇌가 요구되는 사회로 변모하고 있다. 우수한 두뇌의 소유자는 우수한 학교를 지망하게 되고, 지망경쟁도 과다해져서 비정상적인 사회풍조를 불러일으킨다.

한때 '치맛바람'이 일고 치맛바람은 교육의 정도正道를 벗어나는 행태를 부리기도 했다. 이 과도한 자식사랑은 모양을 바꿔서 현재도 진행형이다.

우리 사회는 일류교를 나와야 행세할 수 있고, 출세할 수 있는 것으로 안다. 아무리 똑똑해도 간판이 번듯하지 않으면 알아주지 않은 해괴한 풍토다.

얼마 전, 총무처에서 3급 이상의 공무원 임용을 시험제로 한다는 긍정적인 발표로 한 가닥 개진改進의 여지를 보여주었다. 실력만 있으면 등용문에 오르기가 어렵지 않다는 소식은 용기와 의욕을 북돋워 준다.

쉽게 수정될 것 같지 않은 '일류병' 풍토는 여전히 일류학교를 향한 다툼에 혈안이 되어 있다. 해마다 입시경쟁은 치열하고, 입학 때가 되면 곳곳에서 희비가 연출된다. 일류에 대한 집착으로 늘어만 가는 재수생은 사회문제로 등장하고 있다. 이로 인해 나타나는 부작용은 슬픈 현실이지만, 재미있는 뒷이야기도 있다.

'머리는 좋은데…'가 바로 그것이다. '우리 아이는 머리는 좋은데 공부를 통 안 해 놔서요.' 부모 마음은 모두 한가지라 머리 좋은 것으로나마 낙방을 위로하자는 것이다.

합격한 놈은 합격했으니 머리가 좋아서고, 떨어진 녀석은 머리는 좋은데 공부를 하지 않아 그러니, 요즘 머리 나빠서 공부 못하는 학생은 찾아보기 힘든 현실이다.

지능경쟁시대에 살면서 지능지수가 낮은 건 무언가 이루어내기 힘든 조건이다. 중요한 것은 머리가 좋다는 것보다 공부를 하지 않는다는 사실이 더 큰 문제다. 머리 좋다고 자위할 것이 아니라 공부하지 않는 실제 상황을 더 중시하고 분석해야 한다. 왜 공부하기가 싫을까. 왜 공부 뒤에 오는 즐거움을 깨닫지 못하고 있을까. 그 원인부터 규명하여 올바른 처방을 내려야 한다.

지나친 욕심이나 허영에서 오는 일류병의 병폐를 하루 속히 버려야 한다.

자신의 소양에 맞는 목표를 정하고, 능력에 알맞은 방법을 찾아 정진해야 한다. 지능은 그다지 높지 않지만, 최선의 노력을 해서 얻어지는 성과는 더 귀하고 가치가 크다.

좋은 머리만 가지고 물밀 듯한 이 경쟁사회를 뚫고 나아가기는 어렵다. 기왕에 좋은 머리라면 그에 걸맞은 창의성을 연마하고, 노력이 수반되어야 한다.

가업전승家業傳乘

한 인간이 자기의 정열과 인고의 결실을 인계한다는 것은 엄숙한 일이다.

노력의 결과는 한순간에 만들어지는 것이 아니며, 세인의 힐문詰問처럼 비합법적인 방법으로 만들어지는 것도 아니다. 그것이 어떤 일이든 평생을 이끌어온 땀의 결정結晶이며 흔적이다. 이를 온전히 지켜줄 사람에게 전수하고 싶은 것은 모든 사람의 열망이며 상서로운 일이다.

사농공상의 유교적 가치관이 수백 년 동안 우리 사회를 지배해 온 결과로 장인匠人이 지위를 인정받지 못했다. 관권官權의 횡포를 받은 장인은 자신의 일을 후손에게 물려주기를 원치 않았다. 부모는 자식이 지도자의 위치에서 어려움 없이 살아가기를 희망한다. 이런 생각으로 장인의식이 뿌리내릴 수 없고, 대를 이어가는 가업을 찾아보기 어렵게 되었다.

가업전승은 단순한 임무교대가 아니다. 발전의 이정표가 될 수 있는 측면으로 받아들여져야 한다. 장인은 나름의 비법을 갖고 있을 것이고, 그 비법은 그를 지탱하는 무형의 재산이기에 자식에 의해 전승되면 보존, 발전할 것이다.

『흥부전』에 나오는 '박'에 관한 이야기는 우리 마음속에 도사리고 있는 의타심과 기대의식이라는 속성의 한 표현이다. 그동안 우리 사회는 오랜 시간을 한 가지 일에만 정진하는 끈기가 부족하고 노력의 대가보다 횡재를 바라며 살아온 것이 아닐까.

장인정신이 투철한 선진사회에서는 후손에게 대학을 졸업하면 무엇을 하고 싶은가 물으면, 선친의 직업을 계승하겠다는 경우가 많다. 몇 대에 걸쳐 이어가는 양복점이나 제과점이 있고, 냄비우동집도 있다.

자기 사업체를 찾아오는 고객을 위해 더욱 멋있고 실용

적이며 기호에 맞는 제품을 만드는 일에 온 정성을 다한다. 후손은 선대의 가업을 묵수 계승에 안주하는 것을 경계하며, 다져진 결과 위에 새로운 도전을 이어가야 한다.

장인의 계승은 사회발전을 탄탄히 하는 지름길이다. 영속적인 하나의 사업으로 인간생명의 한계성을 극복해 나가는 눈물겨운 투쟁이다.

요즘은 모든 일이 세분화되고 전문화 되어가고 있다. 한 개인의 힘으로 한정된 분야 이상에 도전할 수 없다. 자신이 하는 일에 진취적이고 창의적 노력과 함께 전통을 수립해 나가야만 한다. 어떤 일을 완성하기 위해서는 그 일을 지탱하는 뼈대와 맥이 있어야 한다.

열성은 무분별한 의욕과 다르다. 먼 안목과 전통성을 바탕으로 시대가 요구하는 새로운 정보지식을 더해 가업 전승은 선순환善循環 할 것이다.

고향, 그 영원한 모성

내 고향은 경기도 안성이다.

물 좋고 땅이 비옥해서 인심이 훈훈한 고장이다. 서운산과 칠현산이 병풍처럼 감싸있어, 그 안에 자배기 모양으로 동네가 들어앉은 아늑한 곳이다. 예로부터 안성맞춤 유기의 고장으로 널리 알려져 있고, 배와 포도는 그 맛과 향미가 뛰어나다.

내가 살던 집에서 비봉산이 가까웠다. 비봉산은 산이라기보다 야트막한 언덕처럼 산책하기에 만만해서, 수시로 뒷짐지고 오르기 알맞은 곳이다. 한달음에 정상에 올라서면 굽이굽이 내려다보이는 낯익은 동네 – 저녁 짓는 연기와 함께 기차가 멀리서 기적을 울리며 지나간다. 끝없이 이어지는 평야와 산, 산허리를 감도는 구름과 그 밑에 옹기종기 모여 사는 이웃의 삶을 망연히 바라보며 즐기곤 했다.

산은 오르막이 있으면 반드시 내리막이 있다. 계절 따라 변하는 자연의 이치를 거스르지 않고, 때가 되면 잎을 피우고 낙엽 지는 나무들을 곁에 두고 내려오는 길에는 인생을 생각하며 꿈을 키웠다. 산은 끝 간 데 없이 치솟기만 하던 젊음을 다스려주어, 겸양과 순리를 깨닫게 해주는 무언의 스승이 되었다.

고향을 떠나온 사람만이 고향을 그리워한다.

가까이 있으면 귀한 것을 모르고, 소중한 것일수록 떨어져 있어야 그 가치가 돋보인다는 이치와 같다. 대학에 입학하면서 객지생활을 시작했으니 몸이 고향을 떠나온 것은 수십 성상星霜이나, 아직도 고향집 앞뜰의 대추나무와 대청마루에 내려앉은 햇살, 마당가에서 하얀 수건을 두르고 식구들을 위해 바삐 움직이시던 어머니의 모습이 어제인 듯 눈에 선하다.

어머니 – 고향과 어머니를 떼어놓고 생각할 수는 없다.

맏이라서 그런지 어머니는 내게 항상 특별대우를 하셨다. 살아가면서 내게 여성을 가늠하는 기준이 되게 하신 어머니, 조용한 가운데 기품을 잃지 않으며 가족을 위해선 어떤 희생도 마다하지 않고, 자식이 잘되는 것을 낙으로 평생, 고아하게 사신 분이다.

올해도 나는 설날 아침에 귀향길에 나서지 못하고 가까운 관악산에 올랐다. 정상까지 가지 못하고 중간에서 돌아오면서 마음으로 안성 고향집 앞, 비봉산 자락을 더듬는다. 이 산길을 내려가면 어머니가 떡국을 끓여놓고 기다릴 것만 같아서다.

나무 둥치를 쓰다듬으며 어머니 손을 잡는 환상에 젖어본다.

생각만으로도 푸근해지는 어머니를 생각하면서, 이제 내 자신이 우리 아이들에게 그리운 고향이 되는 나이가 되었음을 깨닫는다.

Chapter 2

작가는 작품으로

작가는
작품으로

봄, 수채화

회색빛 하늘 아래 봄기운이 돌면 대지는 긴 잠에서 깨어난다.

죽은 듯 웅크리고 있던 나무 등걸에는 연록 수액이 감돌고, 꽃나무는 노랑, 빨강 꽃잎을 내보이고 싶어 황금빛 태양 쪽으로 기운다. 나비는 영롱한 날갯짓으로, 종달새는 아름다운 노래를 부르며 날아오른다.

사람들은 무거운 겨울 코트를 벗고, 온갖 색조로 자기를 연출하며 나무와 꽃처럼 자연 속으로 이끌려 들어간다. 지난 시간에서 건져 올린, 추억의 빛깔과 미래에 대한 꿈의 색깔이 어우러진 색채 속에서 자신만의 봄을 그리며 거리로 나선다. 긴 우울과 망설임에서 헤어난다.

달려온 길을 되돌아보며 가슴 가득 숨이 차오르게 뛰어간다. 가끔 나이 탓을 하며 주저하는 사람이 있다. 공연한 엄살이나 지나친 몸 사림은 사람을 실제 나이보다 늙게 만든다. 봄을 사는 우리에게 가장 중요한 것은 진취적이고 의욕적인 마음가짐이다.

봄에는 기도하는 법을 배워야 한다.

가슴 밑바닥에서 일어나는 모든 뒤척임을 잠재우고 조용히 무릎을 꿇어야 한다. 겸허한 마음, 고요한 눈빛으로 하늘을 바라보는 연습을 해야 한다.

봄에는 모든 것을 사랑해야 한다.

사랑하는 일은 살아있는 모든 이의 의무이기도 하다. 나무를 사랑하고 바람을 사랑하며, 미워했던 대상마저 용서하는 마음을 봄에 배워야 한다. 사랑하고 용서하며 순수를 품으면 한평생 봄의 주인이 될 수도 있다.

겨울이 우주의 신비를 응축한 침묵의 계절이라면, 봄은 자연의 찬연한 능력을 펼쳐 보이는 색채의 마술사다. 겨울이 고요를 담은 수묵화라면 봄은 노래를 품은 한 폭의 수채화다. 겨울이 과묵한 남자라면 봄은 사랑스러운 여자다. 여자의 오관은 늘 아름다움을 찾아 헤맨다. 봄의 체취에 여자의 감성은 바람처럼 젖어들고, 자기 안에 또 하나의 성채城砦를 쌓아가며 아름다운 계절을 확인한다.

봄을 위해서 가을과 겨울을 살아왔듯, 꿈을 좇아 가슴을 풀기 시작하는 것이 이때다. 현실의 틈바구니에서 헤어나 무턱대고 나를 찾아 먼 여행을 준비하는 것도, 자연의 문을 여는 봄이 주는 희망의 빛깔 때문이다.

봄은 다가오는 것이 아니라, 스스로 만들어가는 것이다. 우리가 찾고 바라는 봄은 마음속에 있는 것임을 이 봄에 확인해야 한다.

봄은 모든 사람에게 무한한 가능성을 향해 자신을 채색하는 신비의 계절이다. 이 계절에는 자신의 한계를 뛰어넘어 무한한 의지를 시험해 볼 만하다. 그 결실은 맑은 기운이 담긴 한 폭의 수채화다.

창밖에 소망이 가득하다.

작가는 작품으로

'사이비'의 사전적 어의는 '겉은 제법 비슷하나 속은 다름'이다.

이러한 뜻보다도 더 어처구니없는 현상이 기정사실화되어 백주에 횡행하는 것이 우리의 현실이다. 사이비 종교와 정치가, 사이비 교육자, 그 가운데 배제할 수 없는 것이 무제한 양산되는 사이비 문학가다.

다른 분야는 행위에 따른 결과에 의해서 사이비라는 사실이 언젠가는 명백히 밝혀지지만, 문학가에게는 예술이라는 아리송한 연막이 있어, 진짜 작가와 사이비 작가를 평가할 수 없어 그 병폐는 더 심각하다. 지금까지 작품에 열중하기보다 발 빠르게 뛰는 사람, 문학을 치부의 방편으로 삼는 사람, 명예를 얻기 위한 수단으로 이용하는 사람 – 이 모두를 의심 없이 문학가라고 말해왔다.

오직 긍지와 자부심으로 작가의 길을 의연히 걸었던 황순원 선생과 영원히 작별했다. 『소나기』를 통해 순수한 사랑의 모습을 애틋하게 그려내고, 『카인의 후예』를 비롯한 일련의 작품은 분단현실이 얼마나 처절하며 상처를 남겼는지, 어떤 삶이 가치 있는 삶인가를 제시했다. 선생은 떠났어도 선생의 문학적 성과는 영원히 우리 곁에 함께 할 것이다.

화가는 그림을 통해, 음악인은 음악을 통해 예술혼을 불태울 때, 진정한 가치를 지닐 수 있고 사랑받을 자격이 있는 것처럼, 작가는 작품을 통해 자신의 진실한 모습을 드러내야 한다. 정상적인 방법이 아닌 수단과 절차를 통해 문인으로 군림하거나, 그러기를 희망하는 사람이 있다면 그는 한낱 권모술수에 능한 사이비 작가에 지나지 않는다.

우리는 저마다 자기 위치에서 가야 할 길이 있다. 오직 한 번의 기회밖에 주어지지 않은 삶이기에, 중요하고 가치 있게 살아야 한다.

꽃이 빛깔과 향기를 통해 자신의 모습을 드러내듯, 맹수가 포효를 통해 자신의 심정을 대외에 표상하듯, 작가에게 빛깔과 향기와 포효는 오직 작품뿐이다.

그것은 그의 숨결, 생명과 같다.

작품에 충실함은 진로 설정을 분명히 하고, 작가로서의 본분을 명확히 밝혀야 하는 것이다. 그 방법은 거리로 나가 구호를 외치거나 식음을 전폐하고 투쟁을 하는 것이 아니다. 작가는 작품을 통해, 시대 상황과 그에 대처하는 방안을 강구해야 한다. 그것이 작가가 선택해야 할 도전과 책무의 길이다.

한 작가의 숭고한 문학의 길을 되짚어 보며, 혼란해 했던 사이비의 경계를 가늠해 본다.

"작가는 작품으로 말하라."

바로 이 말이 작가와 사이비 작가의 잣대가 되는 것이다.

꽃의 비밀

꽃에는 예기치 못한 힘이 있다.

마른 바람에 시들어 가고, 어린 손길에도 꺾이는 연약한 모습이지만, 분노를 잠재우고 슬픔을 거두게 하며 솔로몬의 영광마저 부질없게 만드는, 알 수 없는 비밀이 있다.

생활의 의욕을 잃어 인생이 덧없이 느껴질 때면 황망히 떠난 어머니를 가슴에 안아보곤 한다. 어머니는 꼭두새벽부터 밤늦게까지 종종걸음으로 집안일을 하면서도 힘든 내색이 없으셨다. 연약한 몸으로 벅찬 일을 능숙하게 하신 어머니를 생각하면 지금도 고개가 숙여진다.

어머니는 일찍 떠나셨지만, 언제나 내 가슴 안에 살아 나를 지켜보고 계시다.

어머니에 대한 그리움이 복받칠 때는 꽃집에 들러 카네이션 몇 송이를 산다. 내게 카네이션은 꽃말처럼 보은報恩이나 감사의 표상만이 아니다. 누가 가슴에 이 꽃을 달고 있거나 손에 들고 갈 때, 옛날의 어머니를 생각하게 하였기 때문이다. 그래서인지 5월에는 어머니 생각이 더욱 간절하다.

사람들은 평화를 쟁취할 목적으로 끊임없이 평화를 파괴해 왔다. 모든 것의 해결방법을 오직 힘의 논리로 극복하려 했기 때문이다. 삶의 본질이나 해법을 착각하고 있었던 것이다.

현대인의 정서가 한 발 물러설 여유도 없을 만큼 삭막해졌다. 꽃을 대할 수 있는 기회와 공간이 좁아졌고, 뿌리를 뻗을 흙이 두터운 콘크리트 코트를 벗지 못하기 때문이다. 이런 상황은 죽음을 재촉하는 일이다. 자연은 생명 가진 모든 것의 영원한 터전이다.

우리는 언제 어디서나 가슴 한가운데 싱그러운 꽃이 자랄 수 있는 공간을 마련해야 한다.

어머니는 내 가슴 속의 꽃이다.

어머니는 영원히 지지 않는 늘 싱싱한, 무수한 의미와 빛깔과 향기를 지닌 꽃이다. 내가 지금까지 모나지 않게 살 수 있었던 것은 어머니의 빛깔과 향기를 품고 살기 때문이다.

'그대는/ 바다 속 푸른 작은 섬/ 아름다운 열매의 꽃들로 온통 뒤덮인/ 샘이며 신전/ 이 모든 꽃들은 나의 것'

E. A. 포우의 시처럼 어머니는 내 마음 속에 가득 핀 꽃이기에 그동안 나를 안주케 했던 '작은 섬'이며, '아름다운 샘이며 신전'이다.

나는 오늘도 당신이 가진 것을 모두 내주고도 더 손에 쥐여줄 것이 없음을 안타까워하던 어머니의 지극한 사랑을 기억하며 카네이션을 바라보고 있다.

맑은 물로 채워진 유리병에 몸이 담긴 채, 불평 없이 그윽한 향기와 빛깔을 통해 우주의 신비로움을 전하는 꽃, 언제나 내 가슴에 가득한 어머니….

당신은 내 가슴 안에서 꽃으로 살아 계십니다.

안과 밖

모든 존재에는 본래의 성정과 가시적 형체로 구체화된 양면이 있다.

밖은 자연스러운 안의 드러남이며, 안은 밖의 내부이다. 우리는 밖과 안에 대해 편견을 갖고 있다. 겉은 중요한 것이 아니고, 중요한 것은 안 – 내면이며, 이를 실속 있는 것으로 평가하고, 반대로 나중에야 어떻든 첫눈에 들어야 한다며 겉으로 드러난 면의 가치를 강조하는 사람도 있다. 겉치레에 대한 비판은 지나친 허례허식의 병폐를 지적한 것이고, 후자는 실제에 비해 정당한 가치를 받지 못하는 현실에 대한 개탄과 우려다. 이는 안과 겉의 부조화가 낳은 불균형에 대한 비난이다.

좋은 감정과 훌륭한 생각을 가졌어도 그것을 밖으로 나타내지 않으면 그 진의를 헤아릴 수 없어 흙속에 묻힌 진주가 되고 만다. 자신이 말하지 않는 것을 주변에서 헤아려 주기를 바라는 것은, 요구 자체가 무리다.

안과 밖은 신용의 척도다. 지나치게 과장해 부담을 줄 필요도 없지만, 드러낼 만큼 안을 밖으로 보일 필요가 있는 것이 사람 사이의 관계다. 우리 조상은 지나치게 형식을 중시해 그것을 흠으로 지적하고, 형식은 패망의 원인으로 인식했다. 이것은 비판을 위한 비판이나 형식을 위한 형식, 일부의 현상을 지나치게 과장한 결과다. 형식은 삶의 질서이고, 생활을 지켜가는 기둥이기도 하다.

모든 일에는 나름의 분위기와 형식이 필요하다. 군인이나 경찰이 제복을 착용하는 것은 직업의 신뢰도와 이미지에 영향을 주기 때문이다. 절제력이 무너지면 사회는 유지될 수 없고, 나은 미래를 기약할 수 없다. 교복을 없애고 자유복을 허용했던 당국이 얼마 지나지 않아 원래의 상태로 복귀한 일만 보아도 알 수 있다.

이제까지의 노력으로 겉모습은 어느 정도 갖추었다. 우

리가 해야 할 일은 속을 채우는 일이다. 어디에서도 부끄럽지 않게 스스로를 무장하는 일이다. 그것은 민족적 자존심을 지키고, 우리를 우리로 영원히 살게 하는 것이다.

격동의 시대를 살아온 우리는 단단한 안과 밖을 가진 민족으로 다시 태어나야 한다. 안은 밖의 실속이고, 밖은 안의 형식이다. 이 둘은 하나다.

군대가 힘든 훈련과 전투 속에서도 엄한 규율을 유지할 수 있고, 전투력을 증강할 수 있었던 것은 멋있는 군복이라는 형식의 강한 정신이 있었기 때문이다. 가치를 창조할 수 있는 겉이라면 그것이 바로 실속이다.

느슨해진 우리의 신발 끈을 단단히 조여 맬 수 있는 전기가 마련되고, 이제까지 이룬 밖을 채울 수 있는 실속의 안이 마련되면 또 한 번의 비약을 기할 수 있다.

말뿐 아니라 안과 밖이 적절히 조화된 내일을 기약해 본다.

도반道伴

가슴 속엔 구름이 떠간다.

멈춰 서 있는 법 없이 어디론가 걸어가고 있다. 누가 앞서 가고 또 뒤처져 가더라도 문제 삼지 않는다. 서로 동행할 수밖에 없다는 사실을 잘 알고 있다.

때론 내가 구름을 따라 무작정 걷기도 하고, 내가 그를 따라오게 할 때도 있다. 우리는 지척에서 한길을 같이 걸어가고 있으므로, 시야에서 잠시 벗어난다 해도 다른 길로 들어서는 일이 없다.

어느 날, 홀연히 곁을 떠날지 모른다는 염려로 인해 애를 태우거나 의심하는 법도 없다. 우리는 그런 마음으로 많은 나날을 함께 했다.

어쩌다 사람들 곁에서 멀어지고 싶은 마음이 들 때도 있지만, 그 구름으로 인해 외롭지 않아 주어진 길을 걸어갈 수 있었다.

모처럼 우리가 속내를 드러내 보일 때는 얼굴을 마주하고 산을 오를 때다. 거침없는 바람과 햇살 아래서 우리의 소통은 흔들림 없이 탄탄해져서 마음을 풀어놓는다. 얼굴에 번지는 땀방울을 손등으로 훔쳐내며 바위나 맨바닥에 주저앉아 대화를 나누는 시간이다. 서둘지 말자고, 공연히 마음 상해 아파하지 말자고 서로를 위로하는 것이 그때이고, 지워지지 않는 꿈에 빠져들어 미래를 구상할 때도 바로 그때다.

'구름카페' – 언젠가 꿈꾸던 공간을 갖게 되면 벽은 연한 회색으로 옷을 입히고, 창을 크게 만들어 하늘이 한눈에 보이도록 해야겠다. 주변은 진초록 잎이 무성한 나무들과 향기 짙은 야생화로 가득 채우고, 편안한 벤치도 몇 개 만들어야겠다.

카페를 찾아온 그들에게 기쁨과 행복이 어디서 비롯되고 만발할 수 있는가를 확인케 하고 싶다. 우리가 정신없이 좇고 있는 것들이 얼마나 부질없는 것인가를 '구름의 증언'을 통해 알게 하고 싶다.

구름카페 손님이 아닌 주인이 되게 해서, 후회하지 않는 자기 삶의 주인으로 살게 하고 싶다. 나는 오늘도 그 꿈이 무산되지 않기 위해 구름의 뒤를 따라가기도 하고, 그의 앞에 서기도 하며 아름다운 동행을 갈망한다.

구름카페의 문을 열고 들어가 창을 통해 주변의 정취에 젖어볼 그날은 언제일까. 그러나 다급해하진 않는다. 이미 나는 상상으로 구름과 함께 그 카페에 앉아 와인 한 잔을 마시고 있다.

사방 짙푸른 동산이 되도록 열심히 나무를 심고, 향기 짙은 들꽃을 피워내기 위해 거름을 주고 있다. 언제나 이어갈 인연으로 훗날까지 아름다운 동행은 끝이 없다.

도반은 아름다운 구속이다.

수필은

인간은 자기관리의 주체자다.

자신의 환경을 관리하고, 사회적 성과로 자기 능력을 확인하는 책임자다. 어느 곳에 중점을 두든, 자신의 내면과 외형을 다듬고 개선하는 데 평생을 바친다.

우리는 다양한 역사와 환경 속에서 드러나는 사건과 인간의 보편적 특성과 정서를 알아보기 위해 많은 문학작품을 읽는다. 또 자신의 존재를 깊이 성찰하고 객관화 시켜보며 글을 쓴다. 직접 글을 쓰는 일은 가치 있는 작업이다.

수필은 붓 가는 대로 쓰는 글이라고 한다. 이것은 다만 상징적 의미로 받아들여야 한다. 붓을 잡은 사람의 경험과 정신에서 나오는 자유로운 글쓰기 형식을 이르는 진지한 해석이다.

수필은 형식이나 운율을 중시하지 않지만, 시처럼 함축적으로 인생을 언어적 미감으로 표현하고, 소설과 같이 개연성 있는 허구를 생명으로 하지는 않지만, 인생 그 자체를 테마로 하는 언어예술이다.

삶의 형태가 다양하듯 수필의 형태도 여러 모양을 하고 있다. 일기나 편지를 시작으로 전문분야의 지식을 바탕으로 자신의 소신을 밝힌 글도 수필이다.

수필은 수필로서 면모가 갖추어져야 한다. 수필은 무엇보다 인간적 체취가 서려 있어야 하고, 자기 삶에 대한 지극한 애정이 있어야 한다. 수필이 수필다운 향내를 갖기 위해서는 무엇보다 세상에 대한 온기를 지녀야 한다.

자연을 경이로운 눈으로 바라볼 줄 알아야 하고, 타인의 슬픔을 공감할 수 있고, 기쁨과 즐거움을 함께 나눌 수 있으며, 불의 앞에서 항거할 줄도 알아야 한다. 이런 뜨거운 가슴이 없다면 그것은 건조한 단어의 나열, 허무한 언어의 낭비에 지나지 않는다.

수필은 단순한 생활의 언어 정착이 아니다. 가족 자랑이나, 자기의 유복함을 자랑하는 것으로 시작하고 끝나는 글은 수필이 될 수 없고 수필의 질을 떨어뜨리는 일이다. 수필에는 자신과 사회현상에 대해 날카로운 비평이 있어야 한다. 검증과 객관성을 바탕으로 한 건강한 비평은 수필이 나만의 문학이 아닌 우리의 문학으로 성숙하는 요소가 된다.

일정한 틀을 가진 글이 아니라는 사실은 수필의 새로운 가능성을 의미한다. 어떠한 내용이나 형식을 담을 수 있는 큰 그릇이 수필이다. 인간은 누구나 현재 가지고 있는 여건보다 나은 삶을 희망한다. 이런 인간의 소망을 수필이라는 그릇에 담았을 때, 걸림 없는 자유와 행복의 향기를 품어낼 수 있다.

수필은 부단히 자기를 닦고 갈아 인간적 향기를 내도록 채근한다.

열린 마음으로 세상의 모든 것과 소통하고 깨어있게 한다.

마당수필

닭 우는 소리가 새벽을 깨우던 시절이 있었다.

맑은 기운이 온 천지를 뒤덮기 시작하면, 힘차게 울어대는 동물의 울음소리에 반복되는 일상 속의 하루가 열린다. 요즘은 휴대폰 모닝콜이나 자명종의 명랑한 소리로 하루를 시작한다.

한국이 낳은 세계적 첼리스트 장한나는 오늘의 자신을 만든 주체가 스승인 로스트로포비치의 "네 스스로의 음악세계를 열어 나가라"는 한마디 말이었음을 고백한다.

자신의 세계를 스스로 열어갈 때, 천재성을 발휘하는 것이 수필이다.

수필쓰기에서도 구성이나 소재, 주제에 대해 디테일한 강의를 하지 않는 것은 선험先驗의 이론 없이 열린 마음으로 글을 쓰라는 의도다. 각자 좌충우돌, 천신만고의 시련을 통해 얻어진 작법이야말로 자신만의 노하우와 창의성으로 타인의 글과 비교될 수 없는 특색을 갖게 된다. 수필은 다루지 못할 소재가 없고, 건드리지 못할 주제가 없는 열린 문학이다.

마당놀이는 우리 전통의 열린 무대로 관객과 소통하는 화합의 장을 보여준다. 풍자와 해학을 바탕으로 현장에서 공연자와 관람자가 웃고 울며 하나가 된다.

작가는 시대를 앞서가는 혜안이 필요하다. 혁신적인 글 세계를 열기 위해 모든 분야를 섭렵하고 시도해야 한다. 바탕을 탄탄히 해야, 목소리 높여 주장하지 않아도 자연스럽게 독자를 흡인시키는 힘이 생긴다. 바라보는 관점에 따라 세상은 광활한 우주이거나 좁고 깊은 크레바스와 같은 암흑세계가 되기도 한다.

마당놀이는 출연자와 관객의 구분 없이 흥겹게 하나가 되는 화합의 마당이다. 우리 수필도 안방에서 뛰쳐나와 한마당 '얼~쑤!' 하고 어깨를 겯고 신명나게 춤사위 판을 벌여야 한다. 탁 트인 마당과 함께하는 놀이판에서는 관객이 있어 명창의 소리가 돋보이는 것처럼, 수필도 열린마당이 있어야 너나없이 어깨춤이 절로 나올 수 있다.

전후戰後의 암울한 현실로 인해 50년대의 서울거리는 피폐하고 어두웠다. 예술인들은 배고픔을 참으며 명동으로 모여들었고, 죽은 나무에 꽃을 피우는 심정으로 예술혼을 불살랐다. 다방과 선술집, 음악 감상실, 화구점이 창작의 산실이 되었고, 열악한 환경을 딛고 창작극을 무대에 올리고, 또 전시회를 가졌다. 시절은 암울했지만 예술인들의 뜨거운 열정이 있었기에 '명동시대'를 아름다웠다고 회상한다.

한적한 농가에서 새벽 운무를 가르는 수탉의 울음소리가 새롭고 활기찬 하루를 열 듯, 수필에도 항상 새롭게 도전하는 아방가르드 정신이 필요하다.

마당놀이를 하듯, 어깨춤을 추며 '얼~쑤!' 장단으로 추임새를 넣을 때, 수필도 독자와 함께 한마당으로 어우러질 것이다.

실험수필

니체는 19세기를 살았던 독일 철학자로 '신은 죽었다'는 충격적인 말을 세상에 남긴다.

니체는 일방적 힘의 정치를 강력히 부정했지만, 한편으로는 절대 권력의 부재로 인한 세상의 혼란도 우려했다. 이런 정신적 이중성을 보였던 것은 성장기에 루터의 경건주의와 맹신주의의 폐해를 절감했기 때문이다.

니체의 성장기와 초년기에는 현실에 순종함을 피조물인 인간의 최고 덕德으로 여겼다. 관념론에 반대하는 형이상학을 주장한 염세주의 철학자 쇼펜하우어를 접하게 되고, 기독교 예술만을 추구하는 작곡가 바그너를 만나면서 내면세계의 변화를 맞게 된다.

니체는 그리스의 모든 비극은 아폴론적인 것과 디오니소스적인 것의 결합에서 나왔으며, 소크라테스의 합리주의와 낙관주의가 그리스의 비극을 죽였다고 주장했다.

본능적인 욕구가 생명의 참된 동력이라며, 서구 기독교 전통을 부수고 새로운 가치를 세우려고 혼신의 노력을 기울였다. 이후 니체는 절대적으로 신뢰하고 있던 세계가 무너짐에 따라 일체의 사회생활을 접고 칩거에 들어간다.

수필의 새로운 길을 모색하는 뜻을 담고 출발한 글의 첫머리에 니체에 대해 언급한 것은 작가란 어떤 존재인가를 살필 필요가 있기 때문이다.

작가는 작품마다 새로운 것을 창조해 제시하기 때문에 계속 정진, 끊임없이 새롭기 위한 자기탁마를 계속하지 않으면 생존활동을 중지한 미물과 다르지 않다.

작가는 무리에 휩쓸리기보다 자기만의 길을 찾아 독특한 브랜드의 세계를 구축해야만, 그 분야의 영주領主의 지위를 확보하여 영지를 다스릴 수 있다.

작가에게 중요한 요건은 초월 – 정형화된 틀의 굴레에서 벗어나 쇄신을 꾀해야 한다. 니체가 사후 100년도 더 지난 지금까지 사람들의 관심을 받고 있는 것은 그가 확보한 결실에 만족하지 않고, 진실한 것을 찾으려는 부단한 노력 때문이다.

수필은 경험한 바를 그대로 기록하는 글이라는 통념에서 벗어나야 한다. 사실과 진실을 구별하지 못하는 상태에서는 갖가지 정체가 발생한다.

수필의 새로운 가능성은 여기서 찾아야 한다. 과거와 현재, 미래는 본질적으로 다르기에 정서와 오감에서 독특한 맛을 내야 하고 이를 공감되게 전하는 것이 작가의 몫이다.

천편일률적인 내용을 가지고 억지 감동을 강요하는 것은 악취를 억지로 신선한 향기로 알라고 강요하는 일과 같다. 작가에게 무엇보다 진실에 도전하는 용기와 이를 발전시켜 나가는 적극적 추진 의사가 필요하다.

니체의 일생이 이를 입증해 주고 있다.

행 복

사랑의 힘은 위대하다.

남을 배려하는 시간이 하루에 2분만 있어도 사회가 따스해진다는 공익광고가 있다. 신문을 대신 던져주고, 버스에서 노약자 대신 벨을 눌러주고, 신호가 빠른 건널목에서는 옆 사람을 부축해 건너는 모습을 본다.

교차로에 서서 어디로 갈 것인가를 결정하는 것은 각자의 몫인 것처럼, 지금 내가 서 있는 위치가 어디인지 점검해 볼 시간을 갖는다. 쭉 뻗은 길을 최고 속도로 달려갈 수도 있고, 에돌아 구불거리는 길을 해찰하며 어슬렁거릴 수도 있다. 사회로부터 받은 혜택을 환원하는 것에 대해 생각하는 것은 새로운 행복을 찾는 시작이다.

사람은 혼자서는 살 수 없다. 끊임없이 타인과 소통을 원하지만, 이미 단절될 대로 단절되어 버린 인간관계는 원활한 소통을 불가능하게 한다. 내 삶에 직접적인 피해만 없다면, 쉽게 이웃을 잊고 산다.

내게 있는 시간과 물질, 지식을 남을 위해 조금이라도 쓸 수 있는 여유가 필요하다. 나눌수록 내 몫이 줄어드는 것이 아니다. 함께할수록 커지는 게 사랑이다. 이웃을 돌아보는 일은 달음박질한 후의 한 모금 물처럼 청량한 기운을 준다.

병든 노모를 모시고, 힘겹게 사는 중년의 여자는 일주일에 나흘을 자원봉사에 나선다고 한다. 할 줄 아는 것이 환자를 씻기고 음식을 만드는 일이라며 자신을 필요로 하는 시설이나 집을 찾아가 몸을 아끼지 않고 땀을 흘린다. 그가 흘린 땀은 헬스클럽에서 흘리는 땀과는 비교할 수 없는, 귀한 사람 냄새가 풍긴다.

가진 것이 많아서 베풀 수 있는 것은 아니다. 시간을 쪼개 무료급식소에서 커다란 주걱으로 밥을 퍼주는 것, 병원에서 노약자에게 진료카드를 대신 써주고, 몸과 마음이 불편한 삶의 이야기를 들어주는 것, 이런 일들은 마음을 쓰면 할 수 있는 일이다.

정진석 추기경은 하루를 마감하는 저녁 때 산책을 한다고 했다. 해 저물녘 산책길에 묵상에서 제일 먼저 떠오르는 사람이 병든 아이이고, 다음에는 마음을 다쳐 상처 입은 이라고 한다. 추기경은 가난하고 고난에 빠진 사람을 위해 기도하는 '작은 별'이 되고 싶다고 했다. 그것도 큰 별이라고 말하기엔 송구스러워서… 라고 말끝을 흐린다. 이런 마음들이 모여 세상을 이루고 우주를 가꿔가는 것이 아닐까.

경제성의 원리를 내세우지 않아도, 작은 시간이라도 상대를 위해 봉사하면, 그 자체로 마음의 위로를 크게 받는다. 따지기 좋아하며 삶을 계산하는 사람들에게도 이문이 남는 일이다. 그것은 단음절로 끊어지는 사회에 화음으로 조화를 이루는 하모니처럼, 덤으로 받게 되는 행복이기 때문이다.

더불어 사는 세상의 새 패러다임은 서로 돕고 나누는 일이다.

구름 위에 지은 집

창을 열면 가슴까지 푸른빛이 밀려들어올 것 같다.

녹색이 점점 짙어가는 이 계절은 내게 생의 환희를 느끼게 한다. 계절의 변화에서 자연의 순연함을 배우고 상처받은 가슴을 치유하고 다시 살아갈 희망과 용기를 얻게 된다.

내가 결혼해서 처음 살던 상도동 집은 담장 야트막한 단독주택이었다. 대지가 60여 평이나 될까, 넓다고 할 수 없는 아담한 규모지만 요량 없는 서생의 집으로는 궁전 못지않던 곳이다. 손바닥 만한 연못도 만들고, 잔디를 깔았다. 봄이면 라일락 향내가 울 밖으로 퍼지고, 가을이면

감과 모과가 주렁주렁 열려 보기 좋았다.

그 집에서 아이 둘을 낳아 키우며 굵기를 더해가는 나무 테만큼 가족으로 이루어진 성城도 견고해져 갔다. 성정이 변화를 좋아하지 않는 편이라 그곳에서 낡은 마루를 고쳐가며 살았다.

마루 기둥에 표시한 아이들의 키 눈금이 해마다 높아가고, 키 높이에 맞춰 책상을 바꾸며 살고 싶었는데, 딸아이 고등학교가 집에서 먼 곳으로 배정되었다. 콩나물시루 같은 버스에 시달려 파김치가 되는 것이 못내 안쓰러웠다. 딸아이를 위해 학교 가까운 반포아파트로 이사를 했다. 그때가 70년대 중반이었다.

그때부터 한곳에 살았으니 세월이 흐른 만큼 가재도구도 늘어나고 낡았으나 그 이유만으로 다른 곳으로 옮겨 앉을 수는 없었다. 매일 나가는 연구실도 가깝고, 나무가 숲을 이루는 아파트 단지가 마음에 들어 이사 대신 리모델링을 하기로 했다.

공사하는 동안 짐을 이삿짐센터에 맡기고 친지 집에서 유숙하며 불편을 감수했다.

집과 더불어 쌓아온 추억이 방마다 서려있고, 그것이

모여 하나의 역사를 만들고 후손에게 물려줄 문화유산이 되는 것이다. 가시적인 것만이 문화가 아니다. 고집스럽게 지켜가는 것이 때론 필요하다. 유럽의 아파트는 백 년이 되어도 낡은 곳은 수리하며 베란다 난간에 꽃 한 포기라도 심어 사람 냄새 나는 곳으로 가꾸며 산다. 집은 재산 증식의 수단이 아니다. 사랑하는 가족이 함께 숨 쉬는 공간이며, 추억을 쌓고 문화를 형성하는 장이다.

집수리를 하면서 수집한 책 중 3분의 2는 대학도서관과 몇몇 제자에게 보냈다. 한 권 한 권 소중하지만 후학들이 유용하게 쓴다면 보람 있는 일이다.

새로 고친 집은 가구를 붙박이로 짜 넣어 공간 차지를 되도록 줄였다. 무엇이건 모으는 것을 좋아해서 그림과 토기와 백자, 함지박, 파이프와 종…. 박물관을 차려도 될 만한 애장품들을 벽장에 넣고 나니 제자리를 찾은 듯 마음이 가볍다. 이제는 더하기보다 덜어내는 삶을 살고 싶다.

내 숨결이 구석구석 스민 이 집을 사랑한다.

고스톱 교장

요즘 생활풍속도의 하나로 고스톱을 들 수 있다. 나쁠 것도 권장할 것도 못되지만, 사회문제가 되어 사람들의 입에 오르내리는 것은 고스톱이 갖는 매력 때문이다.

오락문화가 없던 상황에서 사랑방을 중심으로 시작한 화투놀이가 사람들 사이의 친화력을 다지기도 한다. 노인들의 담배내기와 점심을 나누던 놀이로 자리 잡더니, 한 때는 부정적인 면이 많아 패가敗家와 망국亡國이란 말이 쓰일 정도가 되기도 했다.

고스톱이 적당히 즐기는 놀이문화로 형성되면 사회적으로나 개인적으로 큰 문제는 되지 않는다. 지나치게 탐닉하여 본업을 제쳐놓고, 사행심이 발동하여 도박이라는 진흙탕에 빠지기 때문이다.

나도 이 놀이를 남 못지않게 즐긴다. 고스톱을 좋아하지만 되도록 규칙과 시간을 지키려는 습성이 우스웠던지 친구들이 '고스톱 교장'이란 별명을 붙여 주었다.

젊은 시절 한 직장에서 근무했던 동료들과 한 달에 한 번 만나서 근황도 확인할 겸, 스트레스 해소의 일환으로 시작한 것이 이제는 적지 않은 관록과 역사를 갖게 되었다. 재미를 더하기 위해 돈을 걸지만 잔돈푼 수준이고, 누가 수지를 맞든 생긴 돈은 맥주 사는 데 내기 때문에 끝나도 즐겁다.

슬픔을 표해야 하는 상가喪家에서도 고스톱이요, 명절이면 벌이는 것도 고스톱 판이다. 외국공항에서 비행기를 기다리면서 우리나라 사람들이 고스톱을 벌이기도 한다.

가까운 사이라 해도 몇 시간 동안 화제를 바꿔가며 대화를 계속하기는 쉽지가 않다. 그러기에 사람들이 장기와 바둑을 두거나 술을 마시고 음식을 먹으며 시간을 보낸다.

'고스톱'도 그 정도의 오락과 비슷하다고 볼 수 있다.

이 놀이가 유독 미운 자식 취급을 받은 것은 고스톱 치는 사람 스스로 조절능력이 부족하기 때문이다.

먼저 시간을 정해 놓고 즐기는 절제력이 필요하다. 서로의 우정을 돈독히 하고, 마음을 풀어놓아 재미를 즐기는 목적을 잊으면 안 된다. 고스톱은 '적당히'라는 수식어가 절대적으로 필요하다. 이때 쓸데없는 만용이 가정과 사회를 병들게 한다.

과민하리만치 철저하여 조금은 답답하다는 의미도 내포되었지만, 고스톱 교장이라는 별칭을 받게 된 것이 나는 좋다. 고스톱이 내 여생의 동반자 대열에 끼일지도 모른다.

마음에 맞는 친구와 이 놀이를 즐길 수 있는 것도 행복 중의 하나다. 한 친구, 한 친구가 자리를 비울 때마다 자리를 지키고 있는 친구에게 감사하며, 이 자리가 계속되기를 간절한 마음으로 바란다.

인연의 숲

인생은 자연의 질서와 상통한다.

어떠한 삶도 돌발적으로 이루어지지 않는다. 원인이 없는 결과가 없듯이, 근원 없는 존재도 기대할 수 없다. 이 순리를 이해하지 못하고, 때로 인정하기를 거부하기 때문에 인간은 늘 고통을 수반하며 불안해 한다.

삶의 과정은 밤과 낮, 사계의 변화와 같다. 환희와 역경이 연출해 내는 굴곡이 무늬로 새겨진다. 인간은 그 변화의 파도타기 속에서 행복에 젖기도 하고, 아픔과 고통에 괴로워하기도 한다.

봄은 인연의 싹을 틔우는 계절이고, 여름은 풍성한 숲

에서 성찬을 맞는 시기다. 풍성함은 때로 인간의 마음을 넉넉하게 만들기도 하지만, 한없이 오만하게 만들 수도 있다. 사랑에 있어서 가을과 겨울의 의미는 성찬을 앞에 놓고 앉은 사람의 여유 같은 것이다.

인간의 가슴에 애틋함은 무엇에 견줄 수 없을 만큼 아름답다. 사랑의 현주소는 현실이 아니고 이상이다. 발 딛고 있는 세상이 아니라 손으로 가리키고 있는 세계다. 이때는 누구나 지상의 존재가 아니라, 별이나 숲속의 주인공이 된다. 그것은 신비한 힘을 지니고 무한한 가능성을 갖는다.

사람은 자신의 심중에 심어놓은 꽃을 가꾸며 산다. 형체도 없이 향기와 이름만 남아있는 꽃, 이름조차 희미해진 채 잔향만 있는 꽃, 이 모두를 귀하게 품고 있기에 늘 마음은 풍성한 꽃밭이다. 남의 눈에 한낱 덧없는 것인지 모르지만, 자신에게는 이 세상 어느 것과도 견줄 수 없는 보물섬 – 인연의 숲이다. 가슴의 꽃밭을 짓밟는 것은 자신의 존재를 부정하는 행위다.

기억 속에서 누군가를 떠올려 소중히 가슴에 지니는 것은 꽃을 보듬는 것이기도 하지만, 불을 움켜잡는 일이 될 수도 있다. 어느 경우든 전력을 다하며, 가슴 한쪽을 도려내는 듯한 고통을 수반한다.

사람은 뭇 생명체에 견줄 수 없을 만큼 이해타산에 밝은 동물이다. 인간은 때때로 무모하게 도전한다. 1%의 가능성만 있어도 포기하지 않고 열정을 다하는 일 가운데 하나가 사랑에 관여하는 일이다. 그것은 객관적 판단의 영역에 속하는 일이 아니고, 누구에 의해서 대신 행해질 수 있는 일도 아니다. 이성을 초월한 불가항력의 끌림이다.

사랑은 아픔이다.

그러나 아픔 이상의 그윽한 면모가 있기에 사람은 영원히 사랑의 끈을 놓지 않는다. 한순간의 감정이기보다 여운을 동반하는 일이며, 무한한 내적 의미를 응축하는 정서의 집결체다.

이를 통해서 사람은 성장하고 깊어진다.

가슴에 서린 사랑의 씨앗은 삶에 온기를 발해 온유의 꽃을 피우기 때문이다.

요즘 것들

팔순의 시어머니가 환갑이 다가오는 며느리에게 '요즘 것들'이라서 저렇다며 추상같은 불호령을 내린다.

'요즘 것들'이란 기준을 어디에 두고 있는 걸까. '요즘'은 시간을 나타내는 관형어다. 이 관형어에 '것'이라는 불완전 명사가 붙어서 '요즘 살고 있는 사람들'이란 뜻이다. 바로 '현재'를 살고 있는 사람이란 의미인데, 이렇게 되면 모순된 얘기가 아닌가.

여기서 분명한 것은 요즘 것들은 자기 연배보다 한 세대 아래 세대를 가리키고 있다는 사실이다. 문제로 야기될 수 있는 것은 급변하는 시대 상황에 있는 것이기도 하다. 한 세대를 보통 30년으로 잡는다. 그러나 요즘의 세대는 좀 극단적으로 표현하면 3년이라고 한다. 세 살 아래 동생이 23세 된 언니를 보고 세대 차이를 느낀다고 하니 말이다.

'요즘 것들'이란 세대 차이를 이야기하는 것이고, 이 세대 차이를 바람직하지 않은 현상으로 이르는 말이다. 구세대와 신세대와의 충돌 – 사고방식이나 생활신조에서부터 사소한 일에 이르기까지 가치관을 달리하는 연령 차이가 있는 두 개인의 부딪침이다.

젊은이들은 패기와 정의로 불의에 묵과할 수 없는 정당한 주장이라 생각하는 것이 윗세대들에게는 만용이나 허세로 예의에 벗어나는 행위로 비춰질 수 있다.

바람직한 사회는 개인의 개성이 존중되고, 때로는 형식이나 관습에서 벗어나려는 젊은 세대의 몸부림도 인정해야 하지 않을까.

기성세대가 이루지 못한 것을 요즘 것들은 거침없이 이룬다. 앞선 세대들이 더 윗대의 눈치를 보며 넘지 못하던 일들을 요즘 것들은 당당하게 넘어선다.

팔순 할머니 세대가 하지 못했던 것을 육순 며느리 세

대는 눈치 보며 시도하고, 그 아래인 서른의 딸 세대는 눈치 볼 것도 없이 자기 주관대로 밀고 나간다. 자세히 살피면 '요즘 것들'이라고 하는 말에는 어느 정도의 질투와 선망이 담겨있다. 앞 세대의 말에 회의 없이 고분고분 순종만 한다면 언제 새로운 세상이 열리겠는가.

'요즘 것들 버릇없다'는 것은 고대의 벽화에서부터 시작되었다고 하니, 세대의 변화는 필연적인 현상이다.

앞으로 세대 차이는 더욱 심해질 것이다. 어쩌면 노력하는 사람만이 요즘 것들의 대열에 들 수 있는지도 모른다. 다음 세대는 세대 차이를 보다 바람직하고 건설적인 방향으로 받아들일 수 있기를 바란다.

'요즘 것들'이란 어휘가 질책의 뜻이 아닌, 대견스러운 새 세대로 흠모의 대상이 되었으면 한다.

자연에서 만난 사람

자연은 인간의 인위적 목적이 개입되지 않은 순수한 상태를 말한다.

인간은 자연의 품을 떠날 수 없고, 또 떠나서 살 수도 없다. 자연은 생명 가진 모든 것의 영원한 본향이다. 인간이 순수와 진실을 동경하는 것은 이 때문이다. 본향에 대한 끊임없는 향수가 인류의 역사를 이어왔는지도 모른다.

인간은 문명일변도로 오직 그것만이 인류의 복락인 듯 정신없이 달려왔다. 문명은 많은 편리를 제공하고, 우리가 얻어낸 결실도 적지 않다. 자연환경의 악조건 속에서도 굳건히 버틸 수 있었다. 하지만 인간은 편리함에 매료

되어 많은 것을 잃어버리거나 잊어버린 채 살고 있다. 저마다의 욕망과 이기심이 극에 달해서 우주의 질서와 순리를 파괴하고 있다. 우리의 주변은 온갖 것으로 오염되어 제 구실을 못하는 지경에 이르렀다.

봄이 가면 여름이 그 자리에 들어서고, 물이 흘러가듯 흐름을 멈추지 않는 것은 자연의 질서다. 자연은 인간의 무모함을 언제까지 관용의 자세로 우리 곁을 지킬지 아무도 모른다.

인간은 자연의 일부로 귀속되어, 그 내재적 의미를 전수받아 수용해야만 한다. 모든 불신의 벽을 허물고 화해의 길을 열어, 보다 건강한 우리로 다시 태어나기 위해 자연 앞에 자연 그대로의 모습으로 서야만 한다.

새로운 계절의 문이 열리고 있다. 언 땅을 비집고 새 생명의 움이 대지 위로 나오듯. 지난 시간 동안 우리를 채우고 있던 모든 허물을 벗어던져야 할 때다.

사람은 이 세상에 주어진 시간 동안 세 사람을 만난다.

그 첫 번째가 스승이다. 의지하고 기댈 수 있는 사람, 어떠한 난관에서도 바른길을 안내해줄 수 있는 스승이다. 두 번째로 만나야 할 사람은 친구다. 같이 웃고 울며 마음을 나누고, 삶에 지쳤을 때 함께해 주고 위로해 주는 사람이 친구다. 마지막 만나야 할 사람은 배우자다. 흉허물 없이 가슴을 나눌 수 있고 서로의 부족함을 보완할 수 있는 평생의 벗으로 가장 친밀한 사람이어야 한다.

자연은 늘 세 사람의 모습으로 우리 곁을 지키고, 계절은 이것을 확인하기 위하여 태양은 변함없는 빛으로 우리를 일깨운다.

이 계절에 들리지 않는 소리와 보이지 않은 자연의 오묘한 형상에 마음을 맡겨보자. 모든 것이 잠시 곁에서 머무는 것일 뿐이다. 우리는 이 사실을 잊고, 허황된 것에 정신을 빼앗길 때가 많다. 그때마다 한낱 애착에 불과하다는 것을 자연은 경고한다. 그 심오한 진리를 알아듣는 사람이 얼마나 될까.

인간은 본래의 모습을 회복하기 위해서 오만과 치기의 벽을 허물고, 자연과의 조응을 지속해야만 한다.

눈물의 미학

허세 속에 해가 뜨고, 허세 속에 날이 저무는 요즘 – 있는 그대로는 행세를 못하는 세상이다. 없어도 있는 척, 몰라도 아는 척, 못나도 잘난 척해야 대접을 받을 수 있는 사회다.

언제부터 거꾸로 돌아가고 있는지 몰라도 가치의 척도가 엉망진창으로 종횡무진하는 현실에서 하루를 넘기고 하루를 맞는 일이 여간 고되지 않다.

심순애가 이수일의 망토 자락을 붙들고 진한 눈물을 흘릴 때, 우리는 그것을 신파라고 하고, 사랑하는 사람 앞에서 남자가 뜨거운 눈물을 보일 때, 우리는 못난 사내라고 일축해 버린다.

폭군 네로는 눈물단지를 만들어 놓고 방울방울 그 귀하신 눈물을 고이 받아 모셨다고 한다. 네로처럼 눈물을 귀히 여기는 것도 난센스지만, 오늘처럼 눈물을 값없이 여기는 것도 난센스다.

어린이의 눈물은 세상에서 가장 맑고 곱다.

말을 배우기 이전의 아기는 엄마를 찾는 눈물을 흘린다. 몸이 불편해도, 배가 고파도 눈물을 보인다. 눈물은 바로 요구의 수단이고, 모든 것을 이루는 무기다. 계산된 눈물이 아닌, 순수한 인간욕구 그대로를 표시하는 눈물이다.

때론 사위가 고요한 밤, 잠을 이루지 못하고 생각에 빠지는 때가 있다. 세상을 떠나신 부모님을 생각하며 생전에 못한 효도에 가슴이 저리면 한줄기 회한의 눈물을 흘리게 된다. 첫사랑 여인이 찾아왔을 때, 지나간 그 시절이 새삼 아름답고 그리워 또 한 번 소리 없는 눈물을 흘려본다. 곁에 잠들고 있는 생활 속의 아내가 측은해 또 한 번 눈물을 흘린다. 등졌던 친구와 화해의 악수를 나누고, 진한 사나이의 눈물이 볼을 적시기도 한다.

눈물은 아름다움과 직결된다. 눈물은 가장 순수한 상태를 나타내기 때문이다.

'비켜라 운명아! 내가 나간다.'

참 멋진 말이다. 눈물이 바로 이 운명이란 벽을 뛰어넘는 데 큰 무기가 되어주기도 한다.

어느 날 갑자기, 까닭 없는 우울과 분노가 온몸을 휩쓸 때, 후련히 울어본 사람이라면 눈물의 효용을, 눈물의 신비로움을 느낄 수 있다. 모든 것을 씻어주고, 맑게 해주는 것이 눈물이다. 아무리 흉악한 강도범도 그가 흘린 깊은 참회의 눈물은 그의 심중을 맑게 씻어줄 수 있다.

여인이 흘리는 눈물은 어떠한가.

아무리 철판 심장을 가진 남자도 그 앞에 가련히 눈물 짓는 여인을 보면 그 철판도 끝내 녹고 말 것이다. 이처럼 눈물은 숱한 마력을 지니고 있다. 그 마력은 아름다움으로 통한다.

허세보다는 차라리 눈물을 ….

시련은 삶의 마디

인생은 여러 가닥의 올로 짜인 천과 같다.

천이 이리저리 엮여 하나의 구조를 이루듯, 삶도 서로를 업고 안고, 끌어내거나 잡아당기며 엉켜있다. 그 중에는 시간과 공간에 윤기를 더하는 것도 있고, 함께 하지 않아야 좋은 것도 있다. 그 모두는 필요하고 꼭 있어야 할 것들이다. 개체적 현상이나 존재가 아니라, 상대적으로 나타난 존재이고 현상이다.

어느 연못에 물고기 두 마리가 살았다.

넓지도 않은 공간에서 서로 부딪히며 사는 것이 싫어 서로를 원망하고 저주했다. 그러던 어느 날 한 마리가 시름시름 앓다가 죽었다. 남은 한 마리는 춤을 추며 좋아했으나 그 기쁨은 오래 가지 않았다. 상대방 물고기의 주검으로 인해 물이 썩어 숨을 쉬지 못하게 되자, 상대를 저주했던 자신의 어리석음을 후회했지만 영영 돌이킬 수 없는 일이 되고 말았다. 물고기 한 마리는 '행복'이고, 다른 한 마리는 '불행'이다. 그릇된 욕망은 파멸로 이른다.

한가롭고 굴곡이 없다는 이유만으로 삶은 행복할 수 없다. 어려움을 견디고 이겨내면서 인간으로서의 보람을 느낄 수 있다. 정상에 서서 만인이 굴복하는 모습을 확인해야 행복을 절감하는 것은 아니다.

울퉁불퉁하고 모난 돌인 총각總角이 조약돌成人이 되기 위해서는 많은 시련을 겪어야 한다. 각이 총집결한 것이 총각인데, 비바람에 시달리고 다른 돌과 부딪혀 깨지는 고통을 감내하지 않으면 그것은 영원히 총각으로 머물 수밖에 없다. 조약돌이 되기 위해 수많은 시련을 거쳐야 하고, 고통을 감내해야 한다.

'사람은 열 번 된다'는 말이 있다. 순간을 살다 가는 존재가 인간이지만 그 기간 동안 수많은 체험을 하게 된다. 그 과정을 통해 인간은 수없이 다듬어진다.

요즘 젊은이는 인내력이 없다. 그 원인을 제공한 것은 이 시대의 환경이며 기성세대의 무관심, 혹은 과잉보호 때문이다. 그들이 살아가는 데 필요한 것이 햇빛과 바람뿐 아니라 폭풍과 폭우의 효능에 대해 소홀했던 것이다.

오늘날 물질의 풍요는 자연스러운 추세가 아니다. 밤도 모르고, 휴일이 뭔지 모르고 산 앞선 사람들의 땀의 결실이다.

행복을 편안한 무위도식으로 생각하지 말아야 한다. 사람마다 삶의 목표와 추구하는 것은 다르지만 일을 보람으로 알고 어려움에 봉착했을 때, 이를 피하지 않고 극복해 나가면서 우리는 더 큰 생의 의미를 확인하게 된다.

비바람이 지나간 후에 땅은 더욱 굳고, 풀무 불에 단련된 쇠가 더 강하다.

경 계

토요일이면 만나는 친구가 있다.

굳이 시간을 정하지 않아도 그 다방에 가면 늘 만나는 친구다. 어느 토요일 급히 처리해야 할 일이 생겨 평소보다 늦게 갔더니 메모판에 기다리기가 싫어져서 8시 4분에 간다는 내용이 있다. 시간을 보니 8시 11분이다. 7분 차이, 버스 정류장으로 뛰었다. 20분마다 배차되는 버스가 서서히 떠나고 있었다.

시청 앞에서 소공동을 경유해서 미도파 앞으로 빠지는 길이 있다.

서울, 대한민국의 수도에 산다는 것을 절감케 하고 생

동하는 느낌을 안겨주는 길이다. 그 거리로 들어가려면 옛날, 공주가 살았던 궁의 담장 밑을 지나야 한다. 어항의 금붕어처럼 비록 수초 사이는 아니어도 인간 밀림을 교묘히 헤엄쳐 나가야 한다. 될 수 있는 대로 어깨를 부딪치지 않고, 마주 오는 사람의 발등을 밟지 않으려면 초인적인 기민성과 민첩한 몸놀림을 발휘해야 한다.

이렇게 고군분투 헤엄쳐 나가야 할 그 길 이외에 또 다른 길을 발견했다. 그것도 보다 짧은 시간을 소모하면서도 유유히 걸어갈 수 있는 새로운 길이라니. 그 기쁨은 콜럼버스의 신대륙 발견보다, 뉴턴의 만유인력 발견의 기쁨보다 나를 들뜨게 했다.

그 길은 담장 밖이 아니라, 담장 안이다.

조선호텔 담 밖의 인파로 메워진 길이 아니라, 주로 부유층이 다니는 조선호텔 담을 안으로 끼고 도는 길이다. 나는 이 길에 희열과 찬사를 보내며 자주 이용했다. 그러나 이 기쁨도 금세 가셔져 버리고 말았다.

누가 통행을 금하는 것도 아니고, 어느 한쪽 문이 닫힌 것도 아니다. 그것은 부유층에 대한 혐오감도, 내가 부유하지 못하다는 열등감도 아니다. 다만 명동을 들어서며 느끼는 그 인파가 그리웠던 것이다.

발등을 밟히는 인연과 어깨가 부딪치는 서민의 냄새가, 생동하는 입김이 그리웠다.

담 안과 담 밖, 하늘에 금을 긋는 것과는 전혀 다른 안과 밖, 돌담으로 가로질러진 그 하잘것 없는 경계며 영역에 회의가 온 것이다.

몇 분의 시차로 친구를 만나지 못한 어이없는 토요일 오후를 보낸 날의 소회가 특별하다. 어느 순간과 한계의 의미, 인간의 힘이 도저히 미칠 수 없는 허허함이 안겨주는 깨달음 – 시간, 공간, 사물, 관념에 쉽사리 손댈 수 없는 엄연한 경계가 도사리고 있다.

시간을 가로지르는 선, 공간을 가르는 담벼락, 인위적이든 작위적이든 그어진 금線에 대한 범접할 수 없는 인간의 무력함에 나는 고개를 숙여 생각해 볼 따름이다.

흐름을 따라

유달리 피곤한 귀갓길이 있다.

여느 날처럼 아침 일찍 출근하고 강의하고, 책을 보고 …. 이제는 타성이 되어 벗어날 수 없는 궤도처럼 인력引力에 끌려 의식하지 못한 채 걸어온 세월이다. 슬픔에 빠질 일도, 기뻐 흥분한 일도 없는 것이 이즈음의 생활이다.

가끔 친구들이 모여 박장대소함이 즐겁고, 제자의 방문을 받는 날이 흐뭇한 사건이 되고만 지금이다. 자식의 장성이 미덥고, 큰 탈 없이 자라주는 것이 고마울 뿐이다.

문학상패 몇 개와 한두 권씩 모아온 책이 서재가 비좁

다고 하니, 이것이 살아가는 기쁨이요 여유다. 따라서 별나게 황홀을 맛본 지 오래이니 그다지 큰 괴로움도 느끼지 못하게 되었다. 연륜의 안정이라고 할 수 있고, 너무 일찍 찾아온 안일의 탐닉이라고 할 수도 있다.

이렇게 세월이 흘러갔다. 세월이란 것이 묘한 마력을 지니고 있어 어지간한 일은 해결해주고 처방도 해준다. 나는 못이기는 척, 이 시간의 흐름에 모든 것을 맡겨 버린다.

때론 지독한 피곤과 권태가 밀려오는 저녁이 있다. 돌아오는 차 속, 피곤해진 육신을 간신히 버틴다. 도시 고층 건물의 횡포 속에 하늘을 본 지 한참이며, 질식할 듯한 착각 속에 빠질 때, 먼지 낀 차창으로 쏟아지는 한 줌 햇살에 경이를 느낀다.

이 고마운 한 줄기 햇살은 내 투박한 검정외투 옷소매로부터 옆에 앉은 낡은 가방을 든 또 한 사람의 피곤한 시민의 열린 가슴을 비춘다.

햇빛, 이 햇살 덕택에 속눈썹 위에 올라앉은 한 점의 먼지를 잡을 수 있다. 자세히 보면 회색빛이고, 크림색이기도 하며, 어떻게 보면 바이올렛 빛이다. 햇살의 칠색 무지개는 '살로메'의 일곱 가지 너울 같기도 하다. 그리운 사람의 얼굴이 있고, 돌아가신 어머니의 모습이 나타나고, 참회록을 쓰고 있는 '아우구스티누스'가 보이고, 딸에게 글을 받아쓰게 하는 눈먼 '밀턴'이 보인다.

나는 여기서 우주를 보며 만물을 본다. 섭리도 깨닫고 진리도 깨친다.

한 점 먼지, 깊은 데로의 침잠이요, 정관靜觀의 세계로 인도한다. 이것을 글로 옮기면 수필이다.

도회의 차 속에서 발견한 귀한 착상이고, 때로는 겨울 들판을 달리는 야간열차 속에서의 착상도 있으며, 가족과의 밥상머리에서 싹이 트기도 한다.

수필을 쓰는 일은 나 자신에 대한 확인이다.

인생, 그 오묘함, 그 거룩함, 그 위대함 속에 낙천주의자도 염세주의자도 아닌 나는 오늘도 쓴다. 허욕과 위선을 버리고 내가 나이고 싶어 수필을 쓰고 또, 거둔다.

내 수필의 의미는 고요 속의 침잠이다.

Chapter 3

또 하나의 신화

또 하나의 신화

여백의 미

우리는 그동안 여백을 채우려 급급해 왔다.

여백을 채우지 못하면 무능, 부실함, 또는 가난이라고 여겨 이를 부끄럽게 생각하고 채우려 애를 써왔다. 여백은 여백의 가치를 아는 사람에게 더없이 아름답게 보인다. 안목에 따라 보는 범위나 수준이 달라진다. 비워둠으로써 더욱 충만하게 보이는 것이 여백의 미학이다.

여백은 아무것도 없는 무無의 공간이 아니다.

애초부터 없는 것은 여백이라고 볼 수 없다. 여백이 있음으로 해서 채워진 것보다 더 아름다움이 만들어져야만, 그것이 여백이다. 그 둘이 서로를 받쳐주며 빛나는 것이니 어느 것이 주인이고 어느 것이 객이라고 할 수 없다. 둘이 다 주인이라고 보는 게 옳다. 어우러짐의 실체는 아름답기 때문이다.

글이나 그림에서도 그렇지만, 여백이 정작 필요한 것은 사람 사이의 관계에서다. 양보와 배려심이 진실한 관계구축의 절대적 요건이라서 그렇다. 서로를 빛나게 해줄 수 있는 절대적 조건이다.

사람 사이의 관계가 각박해지는 것은 여백의 예禮를 지켜나가는 마음의 여유가 부족하기 때문이다. 정치와 경제도 예외가 아니며, 사회 문화의 경우도 마찬가지다. 여당과 야당이 날카롭게 부딪치며 대치하는 모습도 대의大義를 위한 정상적 대립이 아닌, 국민의 목을 죄는 추태로밖에 보이지 않는 것은 여백의 미가 부족해서다.

여백이 있는 풍경은 아름다울 수밖에 없고, 여백이 있는 사람은 향기가 난다. 매사에 완벽한 사람에게는 정이 자리할 틈이 없다. 채우지 말고, 빈틈을 보여주는 여유를 가지려고 애쓸 필요가 있다.

자연스러운 비움은 진정한 자유의 다른 표현이기도 하다. 이를 도가道家에서는 무위자연無爲自然이라는 말로 함축하고 있다. 이는 인위적으로 꾸미거나 억지로 가공하지 않고 '자연'의 성질이나 모습을 지켜가는 것을 의미한다.

실천하는 방법을 다투지 않고, 소유 – 집착하려 하지 않으며, 탐내지 않는 것이다. 인위적으로 꾸미거나 억지로 가공하지 않고 자연의 모습을 지키는 것, 그를 위한 성찰이 '무위자연의 도'이다.

생멸 없는 즐거움은 영혼을 살찌게 한다. 멀리 보고 깊이 느낄 줄 안다면 그게 여백이다. 부족하여 채우지 못하는 것이 아니고, 넘치더라도 새로운 여지를 위해 마련해 두는 것이 여백의 참 의미인 만큼, 마음 깊이 새겨야 할 실천덕목이다.

우리 문학 작품의 질적 상승과 품위를 위해, 여백의 기법은 연구되어야 할 과제 중의 하나다.

비울수록 아름다워지는 것이 마음의 여백이다.

돌 담

그리운 것은 먼 곳에 있다.

도시에 있으면서 자연을 꿈꾸고, 정글에서는 문명을 동경한다. 어느 한곳에 머물 수 없는 운수행각의 습관은 현대인 모두의 회귀본능이다.

코발트블루의 바다 - 사철 바람이 이야기를 전하는 곳, 삼다삼무의 제주도는 고향이 아니어도 고향처럼 푸근하게 마음을 안정시켜 주는 곳이다.

1960년 8월, 지인들과 처음으로 제주도에 갔다. 한라산 등반은 한발 한발이 정글의 밀림을 헤쳐 나가는 듯 조심스러웠다. 비경祕境에 드는 길은 험난하고, 돌무더기와 자갈이 복병처럼 길을 막고 길목마다 무리지어 핀 야생화는 눈길을 붙잡아 행로를 따라잡기 힘들게 했다. 구상나무 침엽수는 하늘을 가려 햇빛이 그 사이로 언뜻 비쳤다 사라진다.

목표가 있는 사람은 서둘지 않는다.

제주도에서 보낸 열흘은 도심에서 찌든 가슴을 시원하게 하고, 허리를 곧추 펴며 삶의 대열에서 힘차게 걸어갈 수 있도록 힘을 불어넣는다. 시간이 멈춘 듯한 그 섬은 억센 바람에도 쓰러지지 않는 제주사람들의 생활력처럼, 강건하면서도 공손한 자세로 세상 사는 법을 배우게 한다.

제주에서 가장 매력 있는 것은 밭과 밭의 경계에 쌓아놓은 '외담'이다. 바람이 많은 곳이라 바람이 잘 지나다닐 수 있는 통로를 만들어줘야 한다. 강한 것 앞에서 버틸 수 있는 것은 유연함이다. 현무암으로 이루어진 제주 돌은 가볍고 구멍도 숭숭 뚫려 있다. 돌 사이로 난 바람 길은 담을 단단하게 유지한다. 일 년에 수십 차례 겪는 태풍에도 견딜 수 있는 까만 돌의 저력은 강한 것에 맞서지 않고 대처하는 지혜를 일러준다. 인간관계에서도 마찬가지다.

열대야자수와 구실잣밤나무를 적절하게 심어 가꾼 도로는 외국의 휴양지와 비교해도 손색이 없을 만큼 국제휴양도시의 면모를 갖추었다. 어디를 가더라도 단아하게 정돈된 모습은 자연과 인공이 함께 어우러져 멋진 조화를 연출한다.

이제 제주도는 지구촌의 거대한 명지名地가 되었다.

제주를 환상의 섬으로 버티게 하는 힘은 전통과 새로움을 조화롭게 연출할 줄 아는 제주사람들의 제주사랑 정신이다. 올레에 통나무 한 개를 걸쳐 놓아 정낭을 만들고, 그 자체로 대문을 대신하던 여유로움, 담을 높이 쌓는 대신 외부와의 자연스런 경계로 올레를 만든 푸근한 마음이 오늘의 제주를 일군 지혜다.

그리운 것은 먼 곳에 존재한다.

먼 곳에 있음으로 해서 그리움을 그리움으로 남게 한다.

변신變身

거울 앞에 서기가 두려워진다.

아침에 자리에서 일어나 거울 속의 나를 만나는 순간, 어제의 얼굴 그대로인 것에 마음이 놓이지만 세월의 흔적 뒤에 감춰진 다른 모습에 회의를 갖게 된다.

눈빛에 여기餘技를 숨기고 있는 것은 아닐까. 입술은 보호의 술책을 감추고 있지는 않은가. 연륜의 흔적은 관록을 앞세워 권위를 탐하고 있는 것은 아닐까.

나는 얼마나 변모하였으며, 어떤 변신을 꿈꾸고 있는가.

가치관이 흔들리는 사회일수록 변신은 살아남기 위한 수단과 방법으로 통용되고 있다. 외눈박이 세상에서는 두 눈을 가진 사람이 비정상이 되듯, 순결한 인성이 소외당하고 짓밟히는 세계에서는 능란한 카멜레온만이 능력 있는 존재로 추앙받게 된다.

선거를 앞두고 하루에도 수차례 변신을 일삼는 사람들을 보게 된다. 오랫동안 쌓아 올린 신념의 탑을 하루아침에 무너뜨리는 정치 철새들을 보면 정치에 혐오감이 생긴다. 개인의 탐욕이 개인을 넘어 사회에 미치는 영향을 생각하니, 진창에 이른 정치사가 안타깝다.

믿어왔던 지도자가 국민을 기만하고 당리당략과 사리사욕을 일삼았을 때 우리의 참담함은 얼마나 컸는가. 대권을 잡기 위해 난무한 약속들이 지켜지지 않아도 된다는 불문율 앞에 우리 사회의 팽배한 불신풍조는 당연한 결과다.

정부 지도층의 변신이 새로운 탄생이 아닌, 자신의 이익을 위한 보호막과 술수가 되어 공약公約을 공약空約으로 무산시키는 것을 숱하게 보았다.

옳고 그름에 대한 기준이 분명하지 않으니 가치관에 혼란이 오고, 우리 사회는 좌표를 잃은 채 표류할 수밖에 없다. 이러한 풍토에 거센 기류를 조성하는 것이 매스컴이다. 순화되지 않은 언어는 국민의 심성을 거칠게 만들고, 공정치 못한 호도성 보도는 국민의 판단을 그르치게 하며 불안과 선동을 조성한다.

우리는 숱한 변신을 바라보고, 때로는 변신을 꿈꾸기도 한다. 불통과 소외의 현대 사회구조는 우리에게 카프카의 『변신』처럼 그레고르와 같은 종말을 강요할지 모른다. 절망적인 세계로 유폐될지 모르는 소시민으로서 인간의 의지는 부질없고, 그 속에서 무력하게 살아가는 우리는 더 가련한 존재로 전락할 수 있다.

탄생은 경이롭고 축복해야 하지만, 가증스러운 변모는 사기극과 같아 분노와 허망함을 느끼게 한다. 태양은 어제의 그 빛으로 희망을 일깨우지만, 간밤에 텔레비전에서 목청을 돋우며 믿음을 강요하는 가면 쓴 모습들이 한없이 슬프다.

오늘도 거울 속의 나를 만나는 두려움으로 아침이 시작된다.

또 하나의 신화

진실이란 무엇일까.

삭풍이 몰아치고 때로는 눈비가 내려 어디로 가야 할지 방향조차 찾을 수 없는 순간이 온다 해도, 맞잡은 손을 놓지 않고 상대를 감싸 안는 것이 사랑의 참모습이다. 자기를 희생해 사랑을 실천하는 사람들의 이야기를 들을 때면 아낌없이 박수를 보내게 된다.

참사랑은 특별한 사람만이 실천할 수 있는 것일까.

사랑의 신화를 들에 핀 야생화에서 찾아본다. 인위적으로 만들어져 진열된 아름다움은 아름다움이 아니다. 자생력을 바탕으로 상황을 처리해 나가는 것이 진정한 사랑이다.

나는 모든 것을 싸안기로 하고 말없이 뒤에 물러나 서 있다. 누구를 원망할 생각도, 그럴 필요도 느끼지 않는다. 노자老子가 말한 소요逍遙 – 멀리 떨어져 적당한 거리에서 완상玩賞할 뿐이다.

나는 또 다른 길을 찾기 시작했다. 또 다른 신화를 만들기 위해 이전에 존재했던 모든 것을 묻고, 수필에 몰두한다. 학점을 따기 위해 강의실에 자리 잡고 앉아 있는 학생들 대신, 스스로의 열망으로 자리 잡고 있는 중년의 문하생에게 수필을 이야기한다. 그들과 진실을 주고받다 보니, 모든 것이 또 하나의 신화로 환원되어 무상한 꽃을 피우고 있다.

신화는 정해진 코스를 밟아가는 상태에서는 꽃이 피지 않는다. 그것은 한낱 답습에 지나지 않는다. 남의 눈치나 살피고, 그들의 기호에 맞춰 행동하는 것은 틀에 박힌 정원을 거닐며, 공허를 키우는 일이다.

잃어버린 것 때문에 정작 가야할 길을 포기했다면, 지금쯤 어딘가에서 표류 중이거나 좌초된 상태로 정박해 있을지도 모른다. 그러나 다행히 아직 항해를 계속하고 있다. 앞으로 힘이 닿는 한, 닻을 내리지 않고 항진을 계속할 것이다. 삶은 보다 아름다운 신화를 낳기 위해 마련된 절호의 기회가 열려있기 때문이다.

야생화는 자기의 삶을 스스로 꾸려갈 줄 안다. 나는 자연의 질서에 조응하는 야생화와 함께 가야할 방향과 길을 찾고 있다. 굳이 내세워 표출시키진 않아도, 어느 것도 소홀할 수 없기에 나름대로 가치 있는 삶이라고 자신한다.

내 주변의 수필가족은 지금까지 나를 지켜준 버팀목이고, 내가 존재하도록 격려와 사랑을 아끼지 않은 동지다. 나는 그들을 통해 순리가 무엇인지 깨달았고, 그 순리가 응축하고 있는 것도 자연임을 알았다. 내면에는 논리 이상의 논리가 존재하고 있음을 확인했고, 그것이 사랑의 진정한 실체임도 의심하지 않는다.

다음 신화는 무엇일까.

나는 또 하나의 신화를 찾기 위해 오늘도 항해를 계속하고 있다.

해체와 융합

지금은 모든 것이 해체되는 세상이다.

해체론을 주장한 철학자, 자크 데리다는 예술작품의 진리는 단 한 번의 연원淵源한 현상으로 존재하지 않는다고 했다. 모든 예술은 다양한 시각의 해석이 가능하고 해체 작업을 거쳐 융합으로 새롭게 태어나야 함을 의미한다.

문학, 역사, 철학을 망라하는 인문학의 통합주의는 새로운 것이 아니라 경제계에선 보편적으로 쓰였던 어휘인 만큼, 그 필요성이 현실화된 것에 불과하다.

인류의 활동범위가 지구라는 공간에 제한되지 않고 우주로 확대될 경우, 지금의 국가나 민족의 의미는 자연히 축소 또는 희석될 수밖에 없다. 지구라는 운명공동체로서 확대된 자각으로 편협한 관념의 벽을 해체하고, 보다 넓은 세계로의 진출을 의미한다.

급변하는 시대 속에 수필의 동향을 살펴본다. 수필은 표면적으로 형식과 내용의 제약이 없는 글이라고 하면서도 실제에 있어선 그런 특성을 살려내지 못하고, 제한된 관념에 사로잡혀 있었다.

사실과 허구의 조화를 통한 진실의 구명은 문학이 나가야 할 분명한 진로이다. 지금까지 수필이 지나치게 사실 – 경험에 의존한 경향이 높아 문학적 성격이 희박하다고 잡문이라는 힐난에 몰리기도 했다. 그러나 서정과 서사를 축으로, 변죽을 울려 상상력을 확대해서 흥미를 구축한다면 수필문학의 르네상스를 실현할 수 있다.

지금 우리는 다문화사회로 가고 있다. 새로운 패러다임의 구축은 절대적 조건이다. 선택의 문제가 아니라 필수다. 문학계의 변화는 이미 시작되었다. 시의 산문화와 소설의 사소설화私小說化, 수필의 퓨전화다. 전통적이고 고정된 장르의 관념 해체는 작가의 개성이지 고정된 사고가 아니다. 한정된 범주에 귀속되어 천편일률적이라면, 시대의 흐름을 타지 못하고 틀 안에 갇힌 물처럼 썩을 수밖에 없다.

과학적 사실과 달리 예술적 진실은 끊임없는 시험을 통해서만 그 가치를 고양할 수 있고, 완전한 진리에 근접할 수 있으며, 그 구체적인 방법이 편견을 극복하는 일이다.

함축과 상징의 구축은 언어를 수단으로 한 모든 행위의 덕목이다. 직유의 수사를 은유로 바꾸는 것도 이 때문이다.

글이 전투에 참가한 병사라고 한다면, 작가는 그들을 운영하는 지휘관에 비유할 수 있다. 훌륭한 지휘를 위해선 종합적 상황 판단과 효과적인 전략이 수반되어야 한다. 역사는 아무런 이유 없이 전개되는 법이 없다. 때가 되면 자연스럽게 그 변화의 모습을 드러내게 된다.

수필도 해체와 융합의 움직임에 동행할 때가 온 것이다.

퓨전수필

21세기는 퓨전수필 시대다.

변화에 지나치게 민감한 것도 문제가 되지만, 적절히 대응하지 않으면 작가로서 문제가 아닐 수 없다. 작가는 자신의 색깔에 고정되어 있기보다 다양한 스펙트럼을 구축해 상황에 따라 대응하는 융통성이 필요하다. 수필이 문학의 한 장르로 확고하게 자리를 잡으려면 고정된 사고에서 탈피하여 다양성을 지녀야 한다.

세계가 벽을 허무는 시대다. 이 시점에서 서정수필만을 고집하는 것은 세계화의 흐름에서 벗어나는 쇄국수필이 된다. 감상적이고 자기 고백의 기록에서 벗어나 새로운 지평을 열어야 한다.

퓨전수필을 기점으로 메타수필, 접목수필, 마당수필, 테마수필, 실험수필, 웰빙시대에 맞는 작품을 써야 한다. 퓨전은 넓게 만남을 의미한다. 인간과 인간의 만남만이 아니고, 다른 장르와의 만남을 의미한다.

퓨전음식점이 문을 열었다. 한식과 양식, 세계의 다양한 요리가 조화를 이루어 인기를 끌고 있다. 수필도 그 문화처럼 한계를 뛰어넘어야 한다. 시적 요소, 희곡적 요소, 소설적 요소를 접목해 새로운 생명력을 심어나가야 한다.

21세기 수필에는 금기와 정석이 없다. 퓨전수필의 개념은 자기의 수필세계와 다른 세계를 접목하는 것이다. 정형만을 주장하면 수필의 지평이 좁아진다. 논리와 비논리를 넘나들며 상상력을 끌어오기도 하며 자신만의 개성과 철학으로 문학성에 이르러야 한다.

영화가 이미 종합예술로 성공했듯이 수필도 서로 융합하고 아우르며 교감해야 글로벌 시대에 맞는 작품을 내놓을 수 있다. 융합을 통해 문예예술의 전면에서 새로운 길을 열어, 영역을 확보하며 영지를 확대할 목적으로 모색된 것이 퓨전이다. '그림과 시가 있는 수필', '그림 속의 수필', '수화隨畵 에세이' 발간이 그 예다. 고정관념은 시대와 소통할 수 없기 때문에 이러한 면모를 통해 독자 곁으로 가까이 다가가는 것이 목표다.

현대사회를 압축하면 '퓨전'이라고 표현할 수 있다. 신세대는 시를 랩 리듬에 맞춰 낭송하거나, 몸짓 또는 영상으로 독자에게 전달하여 새로운 호응을 받고 있다.

작가가 독자를 감동시킬 수 있는 작품을 쓰려면, 독자의 의식수준을 읽고, 그보다 앞서야 하고 심금을 울려야 한다. 그러기 위해서 작품에 부합하는 다양한 정보와 함께 음악과 그림, 타 예술도 배치해야 한다.

톨스토이의 작품이 동토에서 구소련 사람들에게 사람답게 살아야 한다는 신념을 심어주었듯, 작가는 과거와 현재, 미래를 접목한 '퓨전수필'로 이 시대에 맞는 희망 메시지를 전해야 한다.

작가의 자유로운 표현세계는 현실 너머 더 큰 세계를 보여주어야 한다.

반추상 수필

반추상 수필은 그 의미가 다의적이다.

수필은 형식이나 내용에 제한이 없는 글로 인식되어 누구나 쉽게 쓸 수 있는 글이지만, 이런 인식이 수필의 어려움이기도 하고, 한계로 작용하기도 한다.

수필이 작가의 사실적인 모습이라는 선입견이 창작과정에 부담으로 작용한다. 수필의 이런 한계를 넘으려면 경계를 넘어 다양함을 토대로 발전하여 미래를 바라보는 수필이 되어야 한다. 우리는 가능성을 막아놓고 무조건 '좋은 수필'의 출현만을 기대하고 있다. 이는 성장의 동력인 유전자 본체의 접속을 차단해 놓고, 수필의 깊이와 이

해와 넓이가 불어나길 기대하는 일과 같다.

수필은 과감한 변신이 필요하며, 그 형식이나 문체가 기존의 틀에서 벗어날 수 있는 인식의 전환이 중요하다. 기존 수필의 특징인 감성과 구상적 소재에서 발아한 글은 한계에 봉착했다. 진실을 새롭게 조명하기 위해서 작가는 지성과 감성, 새로운 시도를 동원해 활기를 충전할 수 있는 메시지를 전해주며 그 반향을 관찰해야 한다.

그러기 위해 반추상 수필이 절실하다. 서양의 화단에서도 화가의 화필에만 의존해서 순간의 영상을 기록한 시기가 있었다. 카메라가 발명되고 대중화되면서 '그림의 시대'가 끝난 줄 알았지만, 이 자리를 추상화가 차지해 세를 넓히면서 오늘과 같은 그림의 부흥시대를 이룩했다.

모든 것은 작가와 독자에 의해 그 의미와 가치가 만들어지고 쇠퇴하기도 한다. 문학은 다양한 사회 현상에 발맞추는 건 물론이며 앞서 내다 볼 의무가 있다.

현대문학의 여명기에 이상의 난해한 시와 소설, 그 외 작품들이 선을 보였을 때, '잠꼬대 같은 소리'라는 비난을 면하지 못했으나, 그의 문학의 진가가 훼손되지 않고 많은 연구자의 노력을 통해 값진 작품으로 인정받고 있다.

그때 새로운 관점으로 쓴 수필은 지금 읽어도 재미가 있다. 시대를 초월해 감동을 줄 산물이 되기 위해서는 몇 걸음 앞선 시도가 필요하다.

지금은 반추상 수필을 향해 도전하여 새로운 도약을 준비할 시점이다. 반추상이란, 반구상과 다르지 않다. 지금까지 걸어온 길에 새로운 길, 걷지 않아 익숙하지 않은 길을 함께 걷는 것으로 – 미술계에서 말하는 추상화와 구상화의 중간 성격 그림과 같은 글이다.

독자의 기대가 오늘의 수필의 성城을 이루어 놓은 만큼, 우리의 기대가 다시 현실을 뛰어넘을 때, 수필은 미래를 창조하는 보고가 된다.

이것이 예술적 작품을 낳기 위한 수필의 본령이고, 우리가 걸어가야 할 또 하나의 길이다.

시사수필

시사수필이란 다큐 비평에 가까운 장르다.

시사란 그 당시에 일어난 여러 사건, 외부 내부 측면에서 현실적으로 펼쳐지는 사회 현상을 의미한다. 이것을 작가적 관점에서 분석하며 진단하는 것이 시사수필이다. 요즘 같은 시대에 작가의 현실참여가 절실히 필요하다.

우리가 해변을 달리며 바다를 멀리서 바라볼 때는 문제점이 보이지 않는다. 울창한 숲으로 인해 썩어가는 나무가 가려지듯, 이 시대도 누군가 핵심에 다가가지 않으면 문제점을 놓치게 된다.

글 쓰는 사람은 사회에 문제가 생길 때, 그 원인을 규명하고 탐색하기 위해 문제가 있는 곳으로 달려가야 한다. 정의 차원에서 시대를 관찰해 고발하고 통제하며 경각심을 키워가야 한다. 작가적 차원에서 왜 그런 일이 일어났는지, 무엇을 개선하고 어떤 조치를 취할지 고민하며, 대중과 독자에게 생각할 기회를 제공해야 한다.

시사수필은 현대사회에서 없어서는 안 될 장르다. 그동안 시사적인 글을 쓰긴 했지만 '시사수필'이란 명제를 가지고 접근한 것은 소수에 불과하다. 시사수필은 사회의 여러 현상, 긍정적인 사건과 부정적인 사건을 심층적으로 파악하고 조율하기 위해 시대와 한 배를 타야 한다.

신문의 사설과 오피니언, 저널리즘 기사들이 있지만, 수필가는 좀 더 시대의 징후를 예민하게 분석하여 그 영역에 접근해야 한다. 이런 수필은 예술적인 면과 달리 현실을 진단하고 반영해주는 것이므로 '살아있는 글'이 된다. 정보를 제공할 뿐 아니라 허구나 상상이 아닌 현실의 문제를 다루는 것으로 자기 철학을 중시하되 중립적으로 다루어야 한다.

뉴스 보도가 일반에게 알려지지 않은 새로운 소식을 육하원칙을 통해 신속하게 알리는 것이라면, 시사수필은 보도가 가진 단편성과 상투적인 약점을 보완하기 위해 심층 분석을 바탕으로 대처방안을 제시해야 한다.

앵커와 기자처럼 외부에서 사회적 이슈를 바라보는 것이 아니라, 내부에서 그 이슈를 진단하고 해부하며 문제점을 해결해 가야 한다. 시사와 뉴스의 정체성을 구분하지 못하고 글을 쓰게 되면, 수박 겉핥기가 되어 독자를 혼란에 빠뜨릴 수가 있다.

시사수필은 기자의 취재와는 달리, 그 폭이 완만하면서도 넓어 정치와 경제, 문화와 사회 분야에 접근하는 경우가 많다. 자유롭게 여론을 형성하기 위해 글을 쓰는 사람의 생각을 반영하는 것은 바람직하다. 이때 객관적 사실과 작가의 주관적 의견을 다각적으로 보아야 한다.

어떤 글을 쓰더라도 집단의 이데올로기와 고답적인 진영논리에서 벗어나 분석하고 진단하는 것이 생명력 있는 시사수필이 된다.

사랑은 생명체

기다림이나 고통도 없이 흐르는 강물처럼 무표정하게 살아가는 사람들이 있다.

그들의 가슴에는 얼마나 많은 흔들림이 있었을까. 우리는 심해深海의 수초水草처럼 살아가고 있는지도 모른다.

살아있음을 가장 선명히 보여주고 있는 명예와 스스로의 존재가치에 대한 긍지, 늘 밝은 표정으로 다가와 따라주던 사람들 – 그것이 진정한 행복의 요소이며 삶의 가치가 되는 조건일까.

사랑은 삶의 원칙이며, 행동에 역동성을 부여한다. 한 인간의 삶을 지탱하는 근본은 그의 가슴에 살아있는 사랑이다. 사랑은 삶을 싱싱하게 만드는 묘한 힘을 가지고 있다.

그것은 많은 아픔을 동반한다. 이제까지 범상凡常의 범위를 넘지 못하던 것을 그 이상의 존재로 격상시키고, 버릴 수 있는 것조차 오랫동안 지키게 하며, 생명처럼 지니고 있던 것을 버리게도 한다. 이 모든 것은 체념이 아니고 강한 의욕이다.

사랑은 가장 고귀한 생명체이며 인간이 그 본래의 면모를 잃지 않고 내면의 아름다움을 지닐 수 있는 건 사랑의 힘 때문이다.

때로 인간을 나약하고 소극적이게 하며, 비현실적인 결과를 가져오게도 하지만, 그것은 단편적인 면일 뿐, 긴 안목으로 보면 인간을 강하게 만든다. 구하는 바가 없으면서도 모두를 내줄 마음을 다지며, 실천할 수 있는 용기를 준다.

사랑은 승패가 없다. 이루어진 사랑이 이루어지지 않은 사랑보다 아름다운 것이라고 말할 수 없다. 한 인간의 가슴에 소담하게 피어있는 사랑, 그것은 안타까움이라는 햇볕과 그리움이라는 수분을 통해 성장한다. 사랑은 묵묵한 바위가 아니기에 언제나 방황하고 애타며, 때로는 사랑이 아닌 것처럼 보일 수도 있다.

우리에게 필요한 것은 보다 견고한 사랑을 지니는 일이다. 고독 때문에 스스로 가슴을 침잠시키든가, 자유롭기 위해 주변의 질서 속에 의미 없이 동화되어 버리는 것은 좌절이며, 다시 떠오를 수 없는 침몰이다.

장미에는 가시가 있다.

그것을 우리가 흘리는 눈물이라고 생각해도 좋다. 가시가 장미의 아름다움을 반감시키지 않는다. 참다운 사랑엔 그만한 무게와 부피의 아픔이 따르고 눈물이 배어있다.

사랑은 뒤척이게 하는 간절함을 통해 움트는 것이며, 그 아픔을 통해 더욱 견고해진다. 그것은 촛불과도 같다. 자신을 태워 주위를 밝히듯, 자신의 가슴앓이로 삭이며 지켜가야 하는 것이다. 사랑은 어떤 수단이나 방편이 될 수 없다. 이 계율을 엄격히 지켜나가야 한다.

부분만을 사랑하는 것은 미워하는 일보다 잔인하다.

변 화

현대는 하루가 다르게 변하고 있다.

우리는 다른 나라 사람에 비해 상대적으로 완고했을 뿐 아니라, 윤리도덕에 원칙을 중시해 왔다. 은사隱士의 나라라고 규정할 만큼 뜻있는 외국인에게 부러움을 사기도 했던 우리의 문화풍토가 어느 때부터인가 변화의 바람이 불었다. 요즘 가속도가 붙어 빠른 변화에 격세지감을 실감한다.

그동안 전통적 인식 속의 동양인은 수동적이며, 변화보다는 순리에 적응하며 온화한 삶을 지향해 왔다. 그러나 요즘은 다분히 능동적으로 변했다. 활기차고 공격적이며,

목적을 위해 수단과 방법을 가리지 않는 일면을 볼 수 있다. 국권상실과 동족상쟁, 민주화 과정을 거치면서 부지불식간에 응축된 한恨의 영향이 배어있다.

변화는 집단의식의 강화에서 비롯된다. 개인과 집단의 이기주의가 세력화되어 힘을 과시하면서, 그 구성원은 목적 지향주의를 내세우며 성향 자체가 거칠어진 현상으로 나타나고 있다. 역할과잉은 역할박탈이나 소멸로 이어지며 문제로 남는다. 왜곡된 노동운동이 실업자 대란이라는 치명적 사실을 통해서 확인할 수 있다. 집단화와 획일화는 문제가 따를 수밖에 없다.

우리에게 중요한 것은 우회迂廻의 여유다.

이를 위한 대안의 하나가 카페문화의 토대를 마련하는 일이다. 우호적인 분위기 속에서 갈등의 골을 메우는 일만큼 위험성이 적은 대책은 없다. 마주 앉아 차 한 잔으로 목을 축이며 정담을 나누면서 자신의 견해를 피력해 동의를 구하는 모습은 아름답다.

마음을 열고 귀를 열어, 상대의 의견을 듣고, 비난이 아닌 포용의 자세로 나의 의견을 펼쳐 나아간다. 서로를 향해 박수가 꽃처럼 피어나는 분위기는 얼마나 살맛나는 세상의 모습인가.

나는 이런 모습을 '수필마당의 현장' 또는 '수필거리 풍경'이라고 명명하고 싶다. 경계를 두지 않는 것은 무한한 수용을 의미한다.

격정이나 허구보다는 진실이 제값을 하는 문화 분위기가 사회 곳곳에 조성될 때, 바람직한 미래를 기약할 수 있다. 선동이 아닌 공감이 뼈대를 이루는 현실의 구축만이 갈등을 치유할 수 있다.

모든 주체들의 이기주의적 작태가 만들어낸 인과응보의 산물은 자기 단속에 치중하여 해결해야만 한다. 요란한 잡음에서 진정 필요한, 올바른 한 마디를 가려듣는 귀가 필요하다.

급변하는 시대에 한 발 앞서 나아가는 변화는 선택이 아닌 필수다.

수필에서도 카페분위기가 번져, 상생과 화합으로 '의식의 혁명'이 있을 때, 수필의 질과 위상을 높일 수 있다. 그런 변화는 삶의 고요함을 통해서 생성될 수 있다.

9월의 메시지

풍성함으로 벅찬 계절 – 9월.

저마다의 길을 따라 달려온 온갖 풍상들이 하나의 정점 위에 몸을 세우는 때다. 끊임없던 생명작용은 이 순간 가장 완전한 모습으로 자신을 드러낸다.

이제, 우리가 할 수 있는 일은 좀 더 겸허한 자세로 달려왔던 시간들을 반추하는 일이다. 그것은 때로 고통일 수 있고, 가슴 뿌듯한 기쁨일 수도 있다.

겨울이 우리 몸에서 씻겨난 이후부터 한여름의 열기를 거치는 동안 우리는 얼마나 자신을 세우는 일에 열중해 왔던가. 어느 한 부분 거짓이라고 일축해 버릴 수 없는 진실의 소망이고, 순간마다 바라온 간절함이었다.

9월 속엔 가을만이 가진 빛깔과 향기가 있다. 이 계절을 사는 우리가 무엇보다 먼저 깨우쳐야 할 일은 감사하는 마음가짐이다. 사람이 지닌 감정 중에서 가장 아름다운 것은 그 무엇인가에 대한 순종인지도 모른다. 그것은 집단을 형성하고 보조를 맞춰 살아가야 하는 우리에게 가장 싱그러운 멋이기도 하다.

9월의 풍성한 이면엔 처절한 고독이 깃들어 있다. 술렁이는 들녘, 떠날 준비를 하는 풍상 – 둥우리만 남기고 떠나는 새의 날개깃처럼 허전하고 슬픈 것임에 틀림없다. 그러나 이 순간에도 우리는 감사하는 마음으로 그들과 하나가 되어야 한다.

우리 삶의 견고한 바탕이 이 가을의 고독을 극복하면서 이루어진다. 조화 속에서 이루어지는 자연스러운 9월의 문턱에 들어선 우리에게 필요한 것은 새로운 생명력의 응축이다. 그것은 떠나는 계절이 아니고 다시 시작하기 위해 새로이 응축하는 시기다.

'이틀만 더 여름의 햇살'을 달라고 조물주에게 간구했던 라이너 마리아 릴케나, 가을을 '시집가는 누나의 뒷모습'에 비유한 노천명처럼 우리는 이 계절을 안타까이 바라볼 수밖에 없다.

이 가을, 슬기롭게 겨울을 극복할 수 있는 힘을 배양해야 한다. 그것은 건강한 삶을 이루기 위한 자기 다짐이며, 외로움과 슬픔으로부터 헤어나기 위한 노력이기도 하다.

가을을 사는 동안 소중히 지녀야 할 마음은 하나의 가치만으로도 충족할 수 있는 소박함이다. 9월의 문턱에서 우리는 좀 더 멀리, 오래 보는 연습을 해야 한다. 겸허한 마음으로 다시 시작하는 노력으로 자신을 무장하고 자신의 길에 주체가 되어야 한다.

새로운 출발을 위한 문이 열리고 있다. 이제 9월의 주인이 되어 힘찬 행진을 해야만 한다. 9월에 우리가 준비해야 할 일은 더 큰 마음을 지니는 일이다. 더 슬기로워지는 것이다.

산이 주는 힘

배낭을 짊어지고 정상을 향해 힘찬 발걸음을 옮기고 있는 나를 생각한다. 정상에 이르러 따끈한 한 잔의 커피를 나누던 즐거웠던 시간을 그린다.

멀리 우람한 산맥이 둘러있고, 붉은 나무가 일행의 주변을 에워싸며 온통 아름다움으로 안겨오는 안온함, 그것은 마치 보람 있는 일을 마치고 난 후 찾아오는 희열과 만족감과 같다.

산은 인간의 심신을 단련하고 굳은 의지력과 인내의 힘을 키우고, 고요 속에 펼쳐지는 정관靜觀의 경지로 이끈다. 자기에로의 침잠, 몰입할 수 있는 나와 자연과 합일하는 경지를 가져다준다. 거기에 시기와 갈등이 있을 수 없다.

요즘처럼 메마른 인정과 사고로 오직 성공을 위한 투쟁만을 일삼는 사람들에게 산에서 선禪할 수 있는 시간을 갖는다면, 마음의 수양과 삶에 필요한 덕성이 길러질 것이다.

자기생명의 존엄성을 망각하고 사는 사람은 없다. 인간은 모두 자기생존의 의미를 찾으려 한다. 경쟁에서 승자가 되려고 타인의 존엄성을 짓밟거나, 양심을 견제 당하면 내적 갈등과 방황을 일삼게 된다.

산은 이러한 갈등과 방황에 지친 육신을 잠시 쉬어가게 하고, 사람의 마음을 넓고 크게 만들어, 삶의 의욕을 불어넣어 준다. 이러기에 인간은 산과 더욱 가까워져야 한다.

아지랑이가 가물거리며 눈 녹은 물이 졸졸 계곡을 굽이쳐 흐르는 청량한 봄 산, 울창한 숲이 신록을 자랑하는 당당한 여름 산, 단풍이 곱게 물든 사이로 구르몽의 '낙엽'이라도 중얼거리고 싶은 가을 산, 눈 덮인 나목림裸木林을 비집고 움막이라도 찾아 불을 지펴보고 싶은 겨울

산, 어느 것 하나 버리고 싶지 않은 산의 사계四季다.

그 많은 산 중에도 초등학교 소풍 때, 새 옷을 입고, 어머니 손에 이끌려갔던 단풍이 곱게 물들어 있던 야트막한 산이 생각난다. 무릎이 깨지는 줄도 모르고 내달던 자연림 속에서 가슴이 마냥 부풀던 어린 시절은 마음 깊이 새겨진 하나의 그리움이다.

'하늘에 걸린 무지개를 볼 적마다 어렸을 때, 그때처럼 내 가슴은 뛰노라'라고 읊은 워즈워드는 나이 먹었음에도 봄날 무지개를 보면서 설렐 수 있는 여유를 지니고 있다.

다시 산 앞에 겸허해지며 설렐 수 있는 가슴을 갖게 되는 자세로 돌아가고 싶다. 이 계절이 다 가기 전에 선禪할 수 있는 나를 찾아 떠나고 싶다.

생활만은 소박하게, 때론 초라하게 살았다고 느껴지는 지금, 산으로 내 마음은 달음질친다.

언젠가 그때, 그 산행山行의 기억을 더듬으며….

비 상

수필은 시의 서정적인 면모에 소설의 서사성, 희곡의 연출기법까지 동원해 자유롭고 유연하게 구사할 수 있는, 융통성을 요구하는 문학이다.

일부 작가의 작품은 사실의 재현이라는 형식에 사로잡혀 수필이 마치 수학의 수식처럼 여유가 보이지 않아 답답한 인상을 갖게 한다. 출발지점에서 도착지까지 가는 것에만 급급한 나들이 – 이것이 외출의 목적이며 전부라고 여기는 사람과 같다.

문학작품은 사실의 전모를 세세히 규명하는 일은 중요하지 않다. 한 개인의 입장에서는 의미 있는 일일지 몰라도 문학상으로는 제재題材에 불과하기 때문이다.

'무엇을 어떻게 문자화할 것인가' 하는 생각보다 자연현상에 빗대 진실을 전하는 메시지 구축에 온힘을 기울여야 한다. 주변을 살피고 사유하고, 고정관념과 편견을 허물고 새로운 깨달음에 도달하는 모습을 유감없이 보여줄 때, 글은 가치와 의미를 지닌다.

작가는 독수리나 보라매가 될 필요가 있다. 새로운 것의 발견에 눈을 밝히고 발톱을 세워야 한다. 이것으로 얻어지는 것이 기지와 유머이며, 여유와 지혜에 이른다. 근원적이며 영원불변한 사실을 모아 새롭고 풍부한 정보를 끊임없이 보급할 수 있다. 고정된 사실만 언급하는 작가는 독자를 식상케 하여 본연의 위치에서 밀려나게 된다.

이런 현실은 물 위에 떠 있는 백조의 모습을 통해서 확인하게 된다. 밖에서 볼 때는 우아한 모습으로 여유를 즐기는 것 같지만, 그 모습을 연출하기 위해서는 물에 잠겨 보이지 않는 두 발이 쉼 없이 바쁘게 움직이고 있다. 그렇지 않으면 생명을 지탱할 수 없기 때문이다.

수필은 작가 자신과 동일체라고 한다. 이것은 수필발전에 도움이 되지 않는다. 신변잡기란 인상을 강하게 각인

시켜, 작가는 도전에 위축되고, 한계에 부딪쳐 예술적 승화가 불가능해진다.

다양한 제재를 발굴해 골고루 날개를 달아주어 하늘 높이 날게 하기 위해서는 인식의 변화가 필요하다. 느낀 것과 생각한 것에 머물지 말고 제련의 과정을 거쳐 새로운 것으로 태어나야 한다.

수필은 그림과 음악, 그 어떤 것도 포용해 일체화를 도모할 수 있는 그릇이다. 이것은 통찰력과 달관, 통합적 성찰을 전제로 할 때, 도달 가능한 세계다. 정서적, 신비적 이미지를 잃었을 때는 와해된다. 단순히 기록하는 데 그치지 않고, 비상飛上을 도모하는 발판이 되어야 하는 것은, 현대인은 도약심리를 갖고 있기 때문이다.

영화 한 편이 사람들의 고정된 관념과 인식을 바꾸어 놓는 것처럼, 지금은 수필이 그 역할을 해야만 한다. 그것이 수필이 앞으로 가야할 길이다.

커피 인연

처음 커피를 마시게 된 것은 1952년이다. 대학 1학년 여름방학 때, 을지로 어느 다방에서 친척 어른을 만난 날이었다. 친척 어르신은 푹신한 의자에 앉자마자 커피를 주문하고, 나는 엉겁결에 '같은 것' 하고 작은 소리로 얘기했다. 젊은 여성이 갖다 준 커피는 앙증맞은 하얀 잔에 갈색을 띤 한약 같은 진한 액체가 넘칠 듯이 담겨 있었다.

어떻게 해야 할지 몰라 친척 어른이 하는 것을 가만히 쳐다보니, 함께 나온 우유 같은 크림을 듬뿍 넣고 설탕을 두 스푼 넣더니 휘휘 젓는다. 친척 어른이 하는 대로 따라 해서 마셔본 난생처음의 커피 맛은 이제까지 마셔본 어떤 음료와도 비교할 수 없는 색다른 맛이었다. 맛이 있거나, 짜거나 싱겁거나, 알고 있는 미각의 상식으로는 표현할 수 없지만, 한 모금 마시고 난 다음 혀끝에 남아있는 쌉쌀하면서도 감미로운 뒷맛은 형용할 수 없게 복잡미묘한 여운을 남겼다.

긴 시간 거르고 고아낸 식혜나 수정과의 맛이 정감 있는 소박한 시골 여인네의 손길 같은 것이라면, 커피 맛은 검은 비로드처럼 고혹적으로 성숙한 채 속내를 알 수 없는 묘한 여성의 눈길 같아, 한번 맛들이면 헤어 나올 수 없는 깊은 수렁과도 같은 맛이다.

느낌으로 커피의 맛을 다 알았다고 할 수는 없지만, 다 알아야 사랑하게 되는 것이 여성이 아닌 것처럼, 커피는 마시고 난 후에도 계속 손이 가게 되는 – 참을 수 없는 매력이 있다. 그날 이후 커피와 맺은 인연은 길게 이어지고 있다.

학생을 가르치고 사람을 만나고 원고를 쓰는 일에 평생을 매달려온 나에게 커피 한 잔은 어느 때는 갈증을 해소시켜주는 오아시스가 되기도 한다. 그때나 지금이나 커피의 기호는 '다방커피'를 마시고 있다.

조나단 스위프트는 '커피는 우리를 진지하고, 엄숙하고 철학적으로 만든다'고 했고, T.S.엘리엇은 '나는 커피 스푼으로 내 인생을 측량해 왔다'고 했다.

내 사무실을 찾는 손님에게 직접 커피를 대접한다. 제자들이 방문해도 그 원칙은 변하지 않는다. 대접하는 기쁨과 한 잔의 커피를 나누며 커피만큼 향기롭고 따뜻한 만남이기를 기대하는 마음 때문이다.

커피의 온기가 식어질 때까지 손 안에서 그 맛을 음미하고 싶다. 그 커피 맛은 쌉싸래하면서도 외면할 수 없어, 세상 여인들이 건네는 술잔보다 은은한 흥취가 인다.

불멸의 정열을 뿜어내는 여인과 한 잔의 커피를 마시는 꿈을 꾸는 것은 아직도 나에겐 다 태우지 못한 열정이 남아 있기 때문이다.

황희黃喜의 미소

빛과 그림자가 동시에 존재하듯 블랙홀은 우주의 역동하는 산물이지만, 때로는 우주의 흑점으로 남겨지기도 한다. 검은 구멍인 중력이 큰 나머지 빛조차 그곳에 빠져들면 헤어날 수 없는 천체공간을 형성한다.

화이트홀이란 무엇일까.

블랙홀과 반대 개념인 화이트홀은 우주공간에서 물질이 내부로 들어갈 수 없는 세계, 내뿜기만 하는 세계를 말한다. 휠러는 블랙홀에서 흡입된 물질은 화이트홀에서 방출되었음을 알아냈다. 이 두 세계를 연결하는 통로를 '웜홀'이라고 명명했다. 화이트홀은 이론상으로만 존재하는 현상이다. 이는 흡입한 것을 무한대로 축적하는 일은 무엇이든 불가능하다는 걸 암시한다.

휠러의 이론, 웜홀 공식처럼 자기 약점과 모난 면을 무기로 삼아 상대를 찌르고 상처내기에 급급하지 말고, 미소로 배려하며 설명한다면 무엇이 문제가 될까. 서로 자기 기준으로 상대를 평가하여 과장하거나 폄하하면서 위험하고 심각한 결과를 초래한다.

조선왕조 시절, 18년을 봉직한 명망 있는 재상 황희를 생각한다. 그는 성품이 원만하고 청렴하여 백성으로부터 존경받고 세종의 신임도 두터웠다.

그것은 그의 미소 – 포용력 덕분이다. 그는 소탈한 인품과 한쪽으로 치우치지 않는 폭넓은 판단력으로 구국救國의 모델로 숭앙받았다. 국정의 기조를 유학儒學에 두었던 당대의 현실과는 달리, 세종이 불교에 관심을 표명하고 정치 분위기를 쇄신하려 하자 유생들의 항의가 빗발치고, 집현전 학자까지 가세해 심각한 상황에 몰렸는데도 이를 해결한 것이 황희의 미소다.

어느 날, 황희는 젊은 학사 일행을 만나 설득하다 봉변을 당하면서도 상대를 윽박지르거나 꾸짖지 않고 빙그레

웃기만 했다. 이 광경을 지켜보던 한 사람이 그 뜻을 묻자 "젊은이의 곧은 기개가 장차 조선의 빛이 되어 나라를 이끌게 될 것이니, 나무랄 수 있겠소. 당장의 일도 중요하지만, 장래가 희망적이라 기뻐서 그런 것이오"라며 또 한 번 미소 짓는 것을 보고, 젊은 학사들은 오히려 사태해결에 앞장서서 일을 수습했다고 한다.

어떠한 원칙과 명분에도 포용력이 수반되면 문제해결은 어렵지 않다. 조급함을 스스로 다스릴 줄 알아야 한다. 일에는 탁마琢磨, 쪼아야 할 일과 갈아야 할 일이 따로 있다. 조급하여 이것을 구별하지 못하면 낭패를 본다.

상대를 자기 견해와 일치하도록 설득할 필요가 있을 때, 내 신념을 주장하기보다 상대의 진심을 수용하려는 노력이 선행해야 한다. 모든 일엔 화합이 필요한 만큼, 그 단계를 조심스럽게 밟아가야 한다. 회초리보다 강한 미소의 힘을 배울 일이다.

정치든 인간관계든 휠러의 '윔홀'을 공식 삼아 소통을 통해 삶을 성숙시키는 것이 정도正道라 할 수 있다.

그 여인

사람은 어떠한 형태로든 다른 사람과 더불어 살아가고, 그 과정에서 갖가지 깨달음과 아픔, 포근함을 느끼게 된다.

그 여인은 유난히 눈이 컸다. 눈이 크면 무서움을 많이 탄다고 하는데, 그는 각박한 세상을 스스로의 힘으로 살기에 힘겨울 것 같아 보이는 사람이다. 때로는 순수와 아름다움과 함께 연민의 정이 솟곤 했다. 수줍고 부끄러울 때는 이내 낯을 붉히고, 그 속도만큼 눈가에 감도는 표출이 진실 그대로의 표정이다.

그런 눈이 지금은 어떻게 변했을까. 주름이 어느 정도

잡혔을 것이고 모자라는 시력을 보충하기 위해 껌벅거리거나 미간을 좁히는 습관이 생겼더라도, 그 마음만은 호수처럼 잔잔했으면 한다.

그는 화려한 빛깔이나 모양의 서양 꽃보다 시골 길가에 피어있는 들꽃 – 달맞이꽃, 패랭이꽃, 싸리꽃, 망초꽃, 제비꽃, 물양지꽃, 도라지꽃을 유난히 좋아했다. 지극히 우리다운 것을 소롯이 마음에 품어 안을 줄 아는 사람이다. 들꽃을 꺾어 손에 들고 그 아름다움을 만끽하는 것이 아니라, 자신이 고개를 낮춰 꽃 앞에 찬사를 보내는 사람이다.

그는 들꽃을 좋아하는 만큼 이슬비를 좋아했다. 어떤 특별한 이유와 사연이 있어서는 아니다. 우리는 지나치리만큼 원인과 이유를 밝히는 데 익숙해져 있다. 무엇이건 사랑하는 만큼 사랑하고, 가슴에 지닌 무게와 부피만큼 아끼면서 살면 된다. 욕심을 갖는다고 해서, 모든 일이 열망대로 이루어지는 것이 아니다. 참고 기다리는 일에도 마음을 기울여야 한다.

나는 그 여인이 어디서 어떤 모습으로 살고 있는지 모른다. 내가 만나고 싶어 하는 것은 허상인지도 모른다. 애틋하게 가슴에 지니는 것으로 족하다.

우리는 우리를 둘러싼 환경과의 싸움이 격렬했다. 요즘 주변 이야기와 보도를 접하다 보면, 인간 스스로 분쟁을 일으키는 게 많다. 언제부터인가 이성의 냉철함을 갖추지 못한 채, 일체의 질서를 무시해 버리는 오만함에 길들여져 있다.

어디로 가고 있는 것일까. 다시 복원되어 작은 것에도 가슴 두근거리며 남을 위해 눈물을 흘릴 줄 아는 사람이 될 수 있을까. 저마다 각성하고 새로 태어나야 한다. 그때 세상은 들꽃이 풍성하고 잃어버린 낭만도 다시 찾을 것이다.

이제 새삼스러운 열정에 물들 수는 없겠지만, 인간의 향내를 지닌 사람들이 그리워진다.

지금 밖에 비가 내리고 있다. 눈이 크고, 들꽃을 사랑하며 이슬비를 좋아하던 여인이 생각난다. 비 때문만은 아니다.

문학상 천국

우리의 가치관은 혼돈의 극을 달리고 있다.

한쪽에서는 특정인을 나무라는 비판의 소리가 있는가 하면, 다른 한쪽에서는 기상천외한 발상으로 상을 주고 있다. 총선시민연대에서 낙선대상 인물로 지탄받은 어느 국회의원은 나라에서 주는 큰 상을 받았는데, 어떻게 대상인물로 지정될 수 있느냐고 항의소동을 벌인 신문기사가 세태를 말해준다.

남을 매도하거나 칭찬할 때는 뚜렷한 명분이 있어야 한다. 명분 없이 일을 저지르는 것은 명예 살인행위와 다르지 않다. 어떤 경우든 대중이 그 판단에 동의하고 수긍할 수 있을 때만 가치를 인정받을 수 있다.

비판하는 사람이 비판하는 쪽을 나무라거나, 상을 받는 사람이 사전에 자신에게 상줄 것을 요구하거나 수상을 위해 운동을 하고 다닌다면, 그 상에 대해 권위는 물론 명분이 서지 않는다. 그런 일은 한 편의 코미디에 지나지 않는다. 이러한 해프닝이 전국적으로 펼쳐지고 있으며, 우리 문단 또한 '상 만들어 주고받기'가 유행이니 민망한 문학상 천국이다.

사람들은 남의 일에 대해서는 비판의 눈총을 보내면서도 자기가 관여한 일에는 모든 방법을 동원하여 합리화한다. 자신보다 남을 의식하며 살기 때문이다. 그런 인생은 아무리 열심히 살아도 자기 삶이 아닌 것이다. 이런 삶은 관상수나 응접실의 난초 화분처럼 남의 눈요깃감에 불과하다. 우리 사회가 제자리를 찾기 위해서는 자존심을 지닐 수 있어야 한다.

넋두리에도 못 미치는 글을 쓰면서 예술원 회원 명단에서 자기 이름을 찾고, 불우이웃돕기에 푼돈을 내놓고 평생 그들을 위해 생활한 것처럼 떠벌리는 낯 뜨거운 행태도 있다.

자격 없는 사람이 문학상 수상자로 선정되고, 사회적으로 이름 있는 명사들이 축사나 격려사로 하루해를 보내는 광경은 이제 멈추어야 한다. 오늘도 어딘가에서 이런 일이 벌어지고 있다. 성숙하지 못한 이성과 그릇된 판단력은 자신은 물론 사회에 해악을 끼친다.

이제는 누군가를 음해할 목적으로 목청을 돋우거나, 이권에 관여해서 필요 이상으로 남을 칭찬하는 일은 없어야 한다. 이처럼 어울리지 않는 일은 서로를 격하시키는 일이다.

문학상은 작품의 높은 문학성을 치하하고 작가를 격려하는 상이다. 지엄한 기준으로 모두가 호응하며 박수를 보낼 수 있을 때만이 문학상의 위상이 바로 설 것이다.

갈수록 세상인심이 아리송해지고 있다.

서로 힘을 합쳐서 의혹 없는 공정한 사회, 살고 싶은 세상을 만들어야 한다.

그런 세상을 선지할 수 있는 것은 예술가, 문학인의 몫이다.

글의 참모습

수필은 술이부작述而不作 – 적기만 하고 짓지 않는 사실적 기록이 아니다. 본 일을 그대로 옮겨 적는 르포기사가 아니라, 같은 것을 봐도 자신만의 심안心眼으로 보고 마음의 움직임을 진솔하게 따라가는 글이다. 사실적 기록은 생생한 현장감을 주기는 하지만, 걸러내지 않은 목격담은 투박하고 불완전하다.

고택의 누마루에 걸터앉아 그 집의 생성연대를 가늠하기보다, 그곳에서 살았던 사람들의 숨결을 귀담아 들어야 한다. 한 칸의 작은 방을 보고 그 방의 규모만 짐작할 것이 아니라, 그 방안에서 이루어졌던 담론과 애환에서 역사의 한 면을 느끼고 마음으로 보듬을 줄 알아야 한다.

고택의 방에 들어서면 좁은 사방의 벽에 사고마저 갇힐 듯한 압박감이 들곤 한다. 하지만 창문을 여는 순간 기우임을 알게 된다. 출입을 할 수 있는 앞문과 생각이 막힐 때 열기 위한 뒷문이 있다. 뒤 창문을 열면 한 그루 매화나 소슬한 대나무와 그 너머로는 뒷산의 소나무 숲이 펼쳐진다. 멀리 흰 구름 흘러가는 하늘까지 닿도록 분방한 상상의 나래를 펼치게 한다.

가진 것은 한 평 방이지만 사방 문을 통해 들어오는 자연의 풍광과 소리와 냄새까지 가슴으로 품어 안을 수 있으니, 골방에 앉아 천하를 소유하는 선인들의 지혜를 배우게 된다. 내가 갖고 있는 것만 내 것이 아니라, 누리고 쓸 수 있는 것이 얼마만큼이냐에 따라 정신적인 풍요를 가늠하게 한다.

골방의 푸근함을 아는 사람만이 너른 마당의 여유를 즐길 줄 안다. 확실한 주관이 있는 사람만이 객관적 진실을 아우를 수 있고, 흔들리지 않는 단단한 뿌리가 있어야 비바람이 불어도 꺾이지 않는다.

폐쇄적인 사고에 길들여져 내 것만이 옳다고 주장하는

전통 유교와 도덕규범도 세대에 따라 변화하는 유연한 사고를 갖춰야 한다.

독자를 의식하지 않고 쓰는 글은 사념으로 흐를 위험이 있다. 글의 반향을 의식하고 책임감 있는 주장을 펼쳐야 한다. 내 의견을 확실하게 내놓고 비판을 두려워하지 않는 올곧음이 있어야 한다. 다양한 주장들이 충돌할 때, 폭발적인 에너지가 창출되며 긍정적 발전으로 이어지므로 비판을 겸허하게 수용해야 한다.

마당에 기화요초琪花瑤草를 심는 뜻은 혼자 두고 즐기자는 것이 아니다. 그 마당으로 들어오는 사람들과 기쁨을 함께하자는 배려다. 골방에 앞뒤로 문을 낸 선인들은 작은 방안에 온 우주를 담고자 한 원대한 뜻이 있다.

수필도 문을 활짝 열어젖힐 때, 골방은 더 이상 구석지고 어두운 곳이 아니라 더 넓은 세계, 온 세상을 품어 안는 베이스캠프가 된다.

Chapter 4

수필은 인간학

수필은
인간학

수필은 인간학

진실은 보탬도 덜함도 없고, 어떤 비난에도 의연할 수 있다.

수필이 사실대로 기록했다고 해서 모든 조건을 갖추었다고 말할 수 없다. 작가의 문학성이 개입되지 않으면 생명과 영혼이 없는 기록문에 지나지 않는다. 일상의 진실과 문학적 진실은 엄밀한 의미에서 다르다.

현대사회의 특성 중 하나는 내면의 사유와 겉으로 드러나는 모습이 다르지 않다. 특히 젊은 세대에게서 이런 모습이 발견된다. 과거에는 형식적인 것을 중요시하여 상대의 입장을 고려해 자신의 행동을 결정했다. 상대의 요구에 자기를 맞추었다고 할 수 있다. 이러한 자세가 잘못된 것이라고 할 수는 없지만, 오늘의 사회구성원의 일반적 속성이 아니기에, 수필도 시대적 변화에 따를 필요가 있다.

수필은 냉철한 지성을 전제로 한, 사유와 관찰의 기록이어야 한다.

감상적 서정으로만 일관하려는 태도는 지양되어야 한다. 혼자만의 감상이나 교훈적으로 빠지기 쉬운 지점에서는 적절한 자리에 유머와 위트를 삽입하여 가독성을 끌어올릴 필요가 있다. 유머는 글의 흥미를 촉진하는 일에, 위트는 지혜를 획득하는 일에 절대적으로 기여하기 때문이다.

수필은 작가와 독자가 혼연일체를 이루는 인간의 진실을 규명하기에 적합한 인간학이다.

문학의 존재 이유가 인간 탐구와 삶의 진실을 밝히는 것이라면 그 목적에 가장 근접한 것이 수필이다. 작가가 적극적으로 시대의 아픔에 동참하고 치유하는 주체가 될 때, 사회는 타락의 속도를 늦추고 자정능력을 확보하게 된다.

수박 겉핥기식으로 삶의 실상을 언어화하는 소극적 태도에서 벗어나 과감하게 당면한 사회 문제를 직시해야 한다. 위기에 대한 우려의 목소리를 먼저 내고 그 방안을 강구할 때, 문학으로서의 위치도 확고해질 수 있다.

우리는 혼돈의 상황에서 벗어나지 못하고 있다. 물질만능주의 물결에 휩쓸려 정신의 황폐가 극에 달해 있다. 이런 현실을 개선하기 위해서 다각적으로 모색하고, 진실을 향해 나름의 소명을 다하는 것이 작가정신이다.

시대적 어려움을 치유하는 방법 중 하나로, 문제 해결의 열쇠 구실을 문학이 담당해야 한다.

오늘의 수필가에게 그 사명이 주어졌다는 각오로 작업에 임할 경우, 우리의 희망은 실현될 수 있고, 인간학으로서 수필의 본령에 근접할 수 있다.

여 름

여름의 문턱에 선 우리는 인내와 기다림으로 무장한다.

살아있는 모든 것이 자연을 배경으로 모습을 드러낸다. 검푸른 바다와 우거진 숲, 깊숙한 곳까지 몰려드는 바람, 이 모든 것들이 어우러진 호흡으로 모습을 드러낸다. 그들이 지닌 체온은 진통을 의미하기도 한다. 결실을 준비하는 철두철미한 항쟁의 몸부림이기도 하다.

삶은 산에 오르는 일에 비유할 수 있다. 산 밑에서 둘레를 보면 그 주위엔 온갖 것들이 산재되어 있다. 바위와 꽃, 지저분한 것까지 흩어져 있다. 산을 오르다 보면 가파른 경사 때문에 힘겨워진다. 그 가파름은 한여름의 땡볕으로도 비유될 수 있다.

여름은 풍요로움을 의미하며 고통을 뜻하기도 한다.

우리는 풍요로움 속에 모든 행복이 있다고 생각하기 쉽다. 풍요가 행복은 아니다. 가치 있는 것을 창조하는 일만큼 벅찬 행복은 드물다. 고통이 숨어있는 기나긴 날들의 행렬 끝에서 일구어낸 창조, 그 푸름을 위해 무더위와 싸우는지도 모른다.

여름은 권태의 늪에 빠지기 쉬운 계절이다. 시끄러운 도시에서 등을 돌리고 싶어진다. 태양의 열기에 이름 모를 반항이 움트고, 숨 막힐 듯한 거리에 운집한 모든 것에서 해방을 꿈꾸기도 한다.

한적한 어촌에 민박을 정하고, 며칠 동안 몸과 마음을 쉬며 도시생활에서 찌든 것을 씻어볼 수 있는 것도 이때다. 우리에게 가장 소중한 것은 무엇일까. 남에게 보이는 것만이 우리가 지닌 실체는 아니다. 오히려 형용되지 않는 부분에 더 많은 자신의 실체가 서려있다.

여름은 만남의 계절이다. 그것은 성숙을 위한 열망이고, 크게 펼쳐나기 위한 웅크림이다. 태양의 순수성은 뜨거움에 있다. 눈부신 불을 질러대는 광휘 앞에서 순수를 배운다.

불타는 열정, 불타는 학문, 불타는 실험은 새 세계를 열어가는 힘이다. 우리는 여름이 뿜어내는 빛의 한가운데서 물러날 수 없는 기개를 키워야 한다.

비상의 나래를 펴자. 이 무더움 속에 더 뜨거운 불살로 이글거려보자. 여름이 우리를 덥히기 전에, 우리가 여름을 열망으로 채워보자.

이제, 우리를 둘러싼 모든 것이 성숙의 대지에서 자신의 모습을 선보이고 있다. 여름의 주인인 우리가 그들과 만나는 일만 남았다.

이 계절, 그냥 스치고 지나가는 바람줄기로 남지 않기 위해 무엇을 해야 할까.

침묵의 소리

겨울은 여백의 계절이다.

현란한 색채가 머물다 간 자리에 겨울은 우울한 색으로 대지를 지키고 있다. 눈부신 태양 아래서 교만을 앞세우던 세상은 다소곳이 고개 숙여 제자리를 돌아본다. 그 겸허한 모습마저 눈송이가 포근히 감싸 안는 날이면 우리는 어진 시간 속으로 흘러들게 된다.

잿빛 하늘 아래 눈 덮인 산야는 어제까지의 아우성과 모진 소용돌이를 잠재우고 있다. 눈雪은 사람과 사람, 사연과 사연을 연결하던 교각과 허욕의 빌딩 숲도 순한 모습으로 잠재우고 있다.

헤픈 웃음과 찌든 미소로 불편한 마음의 관계 모순도, 깨끗한 세상에서는 잠시 풀어지리라. 겨울은 우리의 영혼을 거듭나게 하는 신비의 계절이기 때문이다.

겨울은 봄, 여름, 가을의 수많은 색깔을 응축하여 무색의 옷을 입고, 바람소리에 귀 기울이면 바람과 일체가 된다. 자기의 소리에 열중하는 침묵의 작업을 시작한다.

겨울이 간직한 침묵의 소리는 무엇일까. 어느 산수화의 선에 숨겨진 공간이며, 눈보라에 휩쓸려 나뒹구는 일간지 한 귀퉁이 행간의 여백이다. 그것은 산이며, 강이며 들이고 삶의 그늘에 가려진 진실의 실체다.

지금까지 우리는 얼마나 많은 부호와 목소리에 현혹되어 왔던가.

색채의 현란함에 여백의 미를 잊고, 크고 거센 소리에만 귀가 열려 산마루를 돌아오는 메아리의 추억을 잃어버렸다. 말초적인 감각에 밀려 여인의 애련미는 고전이 되었고, 개발이 향수보다 우선하여 고향을 사위게 했다. 그 과정에서 현시적이고 권위적인 가치관은 권력을 지향하기에 이르렀으며, 색채의 향연은 아비규환을 방불케 하였다.

다른 문명과 문화가 유채색이라면 문학은 무색이며 여백의 도구이고, 겨울처럼 내면의 삶이며 침묵하는 파도다. 언제부터인가 그곳에도 색채의 유혹이 음습하게 파고들어 사람들이 몰려 내용 없는 실체를 찾으며 여기저기 기웃거린다.

겨울은 침묵의 계절 – 봄의 시샘도 여름의 쟁취도 따스하게 품어 안는다. 격랑을 돌아온 많은 이야기를 가슴에 담는다. 그것은 더 큰 뜻과 더 많은 이야기를 역사의 굽이에 남기기 위한 오늘의 여적이다.

겨울을 어떻게 죽음의 계절이라고 말할 수 있을까.

침묵이 어찌 죽은 자만의 언어일까.

여백이 사유의 보고이며, 참의미의 실체이듯, 겨울은 안으로 숨 쉬는 계절이며, 침묵으로 웅변하는 우주의 거대한 교향곡이다.

겨울나무

노염을 품은 듯 찌푸리고 있던 하늘에서 눈이 내리기 시작했다.

마음 한구석에 남아 풀리지 않던 문제가 일시에 해결된 듯 홀가분해진다. 이 음산한 계절에 하얀 빛깔의 비둘기 같은 메시지가 없다면 겨울이 얼마나 삭막할까. 주변은 온통 흰빛이다.

자동차는 어둠을 헤치며 칼바람이 몰아치는 길을 질주한다. 언 차창을 통해 밖을 내다본다. 삭풍에 움츠린 채 떨고 있는 나무가 눈에 들어온다. 우리는 저마다 귀착지에 닿으면 안식을 얻고 모진 추위까지 잊고 곤히 잠들 수 있지만, 겨울의 한복판에 서서 온몸으로 냉혹한 겨울을 나는 저들은 이 밤이 얼마나 괴로울까. 나무에게 눈은 어떤 의미를 지닌 걸까. 위로일까, 아니면 가혹한 고문일까.

생태계가 처음 태동할 때, 세상은 모두 자연의 늪이고, 벌판이었다. 그때의 패러다임은 순종順從, 그 하나다. 그런 면에서 문화는 일종의 반발이며 역행이다.

세상을 이끌어가는 근본적인 힘은 순리다. 누구나 순간은 용감할 수 있고, 대단한 존재인 것처럼 보이기도 하지만, 원래의 상태로 돌아갈 수밖에 없다.

사람은 자기 삶의 주인인 것 같지만, 실상은 아무 주권이 없는 나약한 객에 불과하다. 독립된 개체가 아니라, 거대한 자연의 한 요소에 지나지 않는다.

요즘처럼 방향도 없이 흔들리는 현실 속에서 자연은 지표이고 정신의 중심이다. 우리는 한낱 한 줌의 흙이나 물살의 구실도 못하며 표류를 거듭한다.

아침에 눈을 뜬 후, 횡계로 가는 버스에 몸을 싣고 대관령을 거슬러 올라 목장으로 달렸다. 어젯밤 어둠 속에서 바람에 어깨를 움츠리며 떨고 서 있던 나무의 손이라도 잡아주기 위해서다. 그렇게 하지 않으면 봄이 온다고 해도, 그 곁에 설 면목이 없을 것 같아서다. 한참을 걸어 산 정상 부근까지 올랐다.

추위와 바람을 이기기 위해 웅크려서 그런지 손을 뻗으면 정수리가 만져질 듯 나무는 초라한 모습이다. 뭐라고 한마디 위로의 말이라도 전해야 할 것 같아 몇 그루의 몸에 손을 대는 순간, 말보다 먼저 눈물이 말문을 닫게 한다.

일상의 고초를 피해 지하도로 몰려들어 신문지 한 장을 덮고 잠을 청하는 노숙자보다 더 안타깝게 서 있는 겨울나무 - 그들은 봄이 오면 제일 먼저 새잎으로 몸을 휘감고 제 몸 사방에 꽃을 피워, 실의에 빠진 사람들에게 위로의 눈빛을 보내지 않는가.

잠깐 동안의 만남이지만, 가슴의 검불을 털어내며 무엇에도 치우침 없이 겸허하게 살아야 한다는 생각을 굳힌 겨울나무들이다.

삶은 겨울나무와 같다.

순결, 그 아련한 이름

'아벨라르'와 '엘로이즈'가 나눈 사랑의 편지는 12세기 프랑스 수필문학의 대표작이다.

열렬한 남녀 간의 사랑이 고매한 인격체로 합일되는 과정에 기쁨과 슬픔의 역정을 그리고 있다. 온 세계에 널리 알려진 서한문으로 사제와 수녀의 사랑 편지라는 점에서 주목되고 있다. 현실에서 이루어질 수 없는 사랑을 정신적으로 승화시켰다. 사후에는 두 사람을 합장하여 많은 참배객이 끊이지 않아, 사랑의 성역을 이루고 있다. 이들은 사랑이라는 생명력을 고통 속에서 순결하게 지킴으로써 고귀한 사랑의 전설을 남겼다.

생명과도 같은 사랑은 아름답다.

내 안에 응축되어 있던 생명의 불씨를 되살아나게 한 힘의 비밀은 무엇일까. 그것은 새로운 의미의 신비 때문이다. 현실의 눈으로는 볼 수 없는 무수한 충만감이 일체의 가치를 뒤엎는 변혁을 이루었다.

인간은 환경이라는 테두리 안에서 운명 지어진다. 인간이 갖는 한계성은 인간을 나약한 숙명론자로 만들기도 하지만, 행복을 추구할 수 있는 능력이 주어진 것은 신의 은총이기도 하다.

비바람에 쓸리며 청순한 빛깔을 더해가는 들풀과 작은 행복을 향해 달리는 마지막 밤 열차, 사랑하는 사람의 체취를 간직한 마음은 항상 외로웠던 풍경들을 감동으로 되살린다.

너는 나와 같은 생각 속에서 살고 있었고, 우리가 간직한 생활 저변의 의미는 서로를 다독여 살아나기 시작하며, 나의 생명은 환생의 신비를 얻게 되었다.

나를 이루고 지배하던 모든 요소가 허상이었음을 깨달을 즈음, 내부에 일기 시작한 생성의 욕구는 나를 더없이 순결하게 만들었다.

순결성, 그것은 결코 허황된 관념의 지대에 머무는 창백한 어휘가 아니다. 우리가 가꾸고 지켜야 할 약속이다. 너를 위하여 일체의 존재를 거부하고 어떠한 사념도 용납하지 않는 절대성을 지향하기에 순결은 지순한 생명력을 창조하고 있는지도 모른다.

굴절된 감정은 외로움을 만들고, 며칠이고 깨어날 수 없는 슬픔으로 되돌아오기도 하지만, 그러한 희생은 너를 위하여 번제되는 내 생명의 일부라고 생각한다.

목적을 정하고 행하는 사랑은 사랑을 빙자한 거짓행위에 불과하다. 사랑은 오직 사랑이 목적이어야 한다. 안락한 유혹에서 홀연히 털고 일어설 수 있는 의지와 끊임없는 도정으로 나의 생명은 이어진다.

순결은 너를 위한 지고의 목적이며, 고통과 희생은 나만의 지순한 사랑법이다.

초록의 마음으로

꽃샘추위가 위엄을 떨치지만, 그것이 투정처럼 애처롭게 느껴지는 것은 이미 계절은 봄의 휘하에 들어왔기 때문이다.

천지에 봄빛이 가득하다.

계절의 순환에 무디어질 때도 되었는데 봄은 늘 경이롭다. 자연은 인간사처럼 매정하지도 지루하지도 않다. 한쪽에선 꽃빛으로 눈부신데 설악산에는 때늦은 눈이 내려 차량통행이 불가능하다. 보내는 아쉬움과 맞는 기쁨을 헤아려주는 자연의 배려인 듯하다.

대자연의 변화뿐 아니라 우리 삶의 열정도 빛깔이 있

어, 영혼조차 그에 어울리는 조화를 연출하는 것 같다.

봄과 생의 출발시기를 연두색에 견주어 나타낸다면, 여름과 생의 한창 때는 충만의 극치라 할 수 있는 초록으로 표현할 수 있다. 땅에서 뿜어 올린 충만한 감동과 하늘의 겸허함을 닮은 색깔들이다.

가을과 인생의 성숙기를 황금색으로 나타낼 수 있다면 그 이후의 시간은 흰색으로 연출할 수 있다.

그 중 어느 색이 다른 색에 비해 더 아름답다고 단정할 수 없지만 사람들은 초록에 대해 끓어오르는 청춘의 힘을 느낀다. 이는 젊음에 대한 막연한 동경이나 그리움에 대한 표현일 수도 있다. 그것은 무한한 가능성을 함축하고, 좌절을 딛고 일어설 힘이 있어 싱그럽다.

젊다는 사실은 투쟁을 통해 얻어지는 것은 아니다. 나이를 먹었다는 사실도 부끄러운 것이 아니다. 사람은 누구나 거쳐야 하는 하나의 과정이므로 초록은 더욱 아름답게 빛나야 하고 흰색은 흰색대로 눈부심을 지녀야 한다.

이솝은 사람들의 인생역정을 달리는 말과 집을 지키는 개, 사람의 흉내를 잘 내는 원숭이에 비유했다. 인생의 시기에 맞는 변화해야 하는 것을 은유로 전한다.

이솝우화는 짧은 글 속에 함축된 특유의 재치로 사회를 날카롭게 비판하는 동시에 인간관계에 대한 교훈이 부드럽게 스며있다. 진실과 거짓, 노력과 게으름, 욕심과 나눔, 독단과 배려, 자유와 구속, 술수와 계책 등 우리 삶의 모든 문제를 다룬다.

재미있는 한 토막의 이야기로 약자에게 희망과 용기를 주고 교만하고 무례한 자에게 반성의 기회를 준다. 직관을 통한 젊음의 소통방식이다. 젊음으로 풍성한 계절의 한복판에 우뚝 선다.

이제 세상은 온통 초록으로 물들어 그 싱그러움을 분수처럼 뿜어낼 것이다.

새로운 가능성의 출발 지점 – 초록의 바다에 서 있는 것이다.

원칙 처방전

세상은 혼자서는 살 수 없다. 동아리를 구성하고, 조직을 발전시키기 위해 제도적 장치가 필요하다.

제도적 장치는 자율적으로 유도되는 것도 있지만, 강제력을 동원하는 수도 있다. 이것은 질서를 유지하기 위한 수단으로 만들어진다. 전자는 윤리와 규범이고 후자는 법이다. 이 모두는 경험을 바탕으로 만들어진다.

원칙은 경우에 따라서 융통성 없고 각박한 것으로 보일 수 있지만, 하나의 구조물을 지탱하는데 절대적인 뼈대의 역할과 기능을 담당한다.

오늘의 사회 난맥상은 원칙을 지키지 않고, 이를 존중

하는 의식이 마비되었기 때문이다.

사사로운 인정에 끌려 상대의 처지를 배려한다고 물질에 평상심을 잃게 되면, 한 번 무너진 원칙과 질서는 원상회복하기 어렵다. 그렇다고 방치할 수만도 없는 것이 현실이다.

문학인의 생명은 순수성에 있으나 현실을 멀리하고 살 수는 없다. 기존의 상황과 결별할 수는 없지만, 서로 간의 비판도 인정할 때 건강한 관계를 유지할 수 있다.

명예를 내세워 패거리문학그룹을 조성하는 풍토가 문학계의 문제점으로 등장한다. 명예를 갖고자 한 일이 명예에 먹칠하는 경우도 있다. 문학의 성패는 작가의 창작품에 의해 평가되어야 함에도 현실은 사이비문학이 홍수를 이루는 기현상이다.

어려운 경제현실을 극복할 수 있는 묘안이 준비되어 있지 않은 현실에서 궁여지책으로 방안을 모색하다 잡음이 생기면, 실제보다 과장된 소문이 떠도는 것이 문단 현실이다.

제도가 지켜지지 않는 것은 정밀하지 않은 체를 가지고 고물을 거르는 것과 같다. 문단 발전에 기여하지 못하는 일이다. 등단이라는 등용문이 준비되고, 많은 신인들이 이를 통과하기 위해 밤잠을 설치며 정진한다면 그들의 노력이 헛되지 않도록 균등한 기회를 부여해야 한다.

군의 명예는 강한 규율이다. '민주'와 '자유'라는 말을 잘못 해석하여 무질서와 무원칙이 난무한 모습이라면, 무엇을 기대할 수 있을까. 문단에서의 민주와 자유를 다시 생각해 볼 때다.

우리는 그동안 쌓아 놓은 탑을 한순간에 무너뜨리는 어리석음을 반복해서는 안 된다.

제대로 역량을 갖추지 않은 신인들이 물밀 듯 밀려 나오면서 문단은 그 기능을 잃고 말았다. 무분별한 등용은 문학의 질을 떨어뜨린다. 문단도 원칙에 준한 혁신이 필요하다.

다시 태어나야 한다. 원래의 본성으로 돌아가야 한다. 행정은 목적이 아니고 수단으로만 존재해야 한다.

주객이 전도된 현실은 탈피해야 한다. 이는 함께 수렁에서 헤어나려는 간절한 제언이다.

서울의 불빛

비 내리는 날, 창 곁에 강을 두고 잠수교를 지날 때면 애상에 잠기다가도, 석양에 비늘을 번득이는 물결을 바라보면 한강이 역동하는 도시의 태반임을 실감한다.

몇 해 전부터 한강에 유람선이 떠다니기 시작했으나, 그것은 먼발치의 구경거리나 이야깃거리에 불과했다. 센 강에서 유람선을 타고 관광한 적은 있어도 정작 한강에서 배 한 번 타보지 못했다.

한강 유람선을 타게 된 것은 이국에서 온 손님 덕분이다. 카자흐 공화국의 수도 알마아타에 사는 작가 P씨는 한국교포 4세로 지난여름 그곳에 갔을 때 친절을 베풀어

준 사람이다. 그를 초대해서 저녁 식사 후에 유람선을 탔다. P씨는 풍성한 음식에 감사하며, 서울의 밤이 참으로 아름답다며 감탄을 거듭한다.

배는 밤의 강심江心을 가르고 흘러간다. 까맣게 잊고 있던 서울의 밤 풍경은 거리에 불빛을 흩뿌리고 있다. 도로는 달리는 자동차의 불빛 아래 질서 있게 정비되어 있고, 동네 굽이마다 불빛 속에서 아늑한 휴식을 준비한다. 도시는 또 다른 밤의 열기로 서서히 달아오른다.

삶의 열기 – '한강의 기적'을 가져온 순박한 민족성으로부터 깨우친 우리는 가난을 물리치고 밤의 도시를 불야성으로 밝힌다. 비참했던 굴욕의 역사는 현란한 불을 밝히게 한 근거가 되어 P씨가 부러워하는 현재를 만들어 냈다.

하루가 끝나는 시간에 왜 저렇게 불을 밝혀야 하는지 모르는 P씨는 몽환에서 깨어난 듯 "한강이 이렇게 넓고 큰 줄 몰랐다"며 강북과 강남의 마을을 살핀다. 다리를 건너거나 제방에서 바라볼 때보다 강심에서 느끼는 강은 더없이 넓고, 물결은 바다처럼 뱃전에 부서져 내린다.

라인강, 센강, 네바강, 포토맥강과 허드슨강…. 세계를 둘러보아도 한강만큼 크고 아름다운 강은 흔하지 않다. 서울을 안고 흐르는 한강의 수려함은 현재의 불빛을 피어나게 한 원동력인지도 모른다.

배가 서울의 허리를 돌 때, 불빛 위에 실루엣으로 드러난 남산은 안온하게 우리를 바라본다. 산 위의 첨탑은 은하계의 유성이 모인 듯 오색으로 장식되어 있다. 사계를 알리고 도시의 애환을 품어 안은 남산은 한강과 함께 서울을 지켜온 명산이다. 한강이 사랑으로 도시인에게 스며든다면 남산은 정기精氣로 우리의 마음을 가다듬어준다. 한강이 우리에게 맑은 혈액을 공급한다면 남산은 청량한 정신력을 심어준다.

불빛의 제전은 중지도와 마포나루를 곁에 두고 여의도 선착장에 이르며 배의 후면으로 향한다. 서울의 불빛은 여전히 빛나고, 한강은 그 빛을 위해서 유구히 흘러내릴 것이다.

개선장군

요즘처럼 살기 어려운 적도 없다고 한다.

산다는 일이 어느 때고 쉬운 일은 아니지만 요즘처럼 이렇게 고달프게 느낀 적도 없다. 삶의 고달픔을 절감케 하는 것이 출퇴근의 '러시아워'다.

어쩌다 발붙여 살게 된 곳이 서울 땅이고, 한강 너머 상도동이다. 집안에서만 살 수 있다면 도심지서 멀고 가까움이 그리 문제될 것도 없지만, 그렇지 못한 내 생활이라 하루 중 길에서 버리는 시간이 많다. 버려지는 시간이야 어쩔 수 없지만 그 시달림, 그 고달픔은 전쟁을 방불케 하는 전투에 가깝다.

아침에 집에서 나올 때는 전장에 임하는 병사처럼 만반의 전투태세로 완전무장을 갖춘다. 복장, 신발에 이르기까지 철저하게 검토에 재검토한다. 한강 너머 서울의 남단에서 자하문 밖 세검정, 내가 가야할 곳까지의 관문에서 질식할 기회를 여러 번 겪는다.

차장 아가씨의 기상천외한 구령에 맞추어 안으로 밀리다보니 남의 반짝이는 구두 밟기야 여반장이요, 갓 미장원을 나온 듯한 숙녀의 머리카락이 외투 단추에 끼여 웃지도 울지도 못할 희극을 연출하기도 한다.

필사의 노력으로 목적지까지 라디오의 방정맞은 CM처럼 '우리 집 자가용은 퍼브리카 800~'이 어쩌고 하는 날이면 전투에 임하는 이 병사의 표정은 사뭇 복잡해진다. 가난한 대학교수의 일상은 다시 현실을 돌이킨다. 위용당당한 자가용 앞에서 가난한 가장은 아빠의 권위에 위협을 느낀다.

자가용이란 아예 내 생래의 복에 가당치 않다고 체념할 수도 있다. 누구처럼 억만장자의 외아들로 태어난 것도 아니고, 어떤 사람처럼 삶의 목적을 오로지 치부에 두어 자수성가할 만큼 모진 마음도 없으니 말이다.

어쩌다 약속시간이 다급하고 강의 시간이 촉박할 때가 있다. 이럴 때를 위해 택시란 것이 있다. 두껍지 않은 호주머니 사정을 감안하면서도 택시를 이용할 때, 버스 전쟁보다 더 큰 전쟁을 방불케 한다. 우선 택시를 잡는 기술은 숙달된 묘기가 아니고는 턱도 없다. 천행만고 끝에 택시 손잡이를 붙들었다고 하자, 여기서 더욱 치열한 격전이 붙는다.

산다는 것을 실감할 수 있는 이 전장에서 가까스로 목적지를 돌파했을 때, 나는 알프스를 정복한 나폴레옹보다 더 큰 희열과 기쁨을 얻는다.

세검정 언덕바지 학교를 오르면서 나는 전쟁에서 이긴 개선장군처럼 당당히 캠퍼스로 들어선다.

개선장군 입성이시다.

승전고를 울려라.

그러나 일말의 씁쓰레함이 개선장군의 입맛을 다시게 한다.

사랑의 묘목

사랑에는 많은 형태가 존재한다.

부모와 자식 간의 사랑으로부터 나라와 민족에 대한 포괄된 사랑까지. 그 중에서도 가장 절절한 것은 남녀 간의 사랑이다. 그것은 인간에게 큰 기쁨을 주기도 하고 고통 속에 헤매게 하거나, 한 인간을 파멸시키기도 하며 새롭게 태어나게도 한다.

사랑은 많은 것을 참고 견딜 것을 강요하고, 송두리째 버려야 할 경우도 있다. 아픔을 동반하지 않은 사랑은 온실에 핀 화초와 같다. 생명력이 약해서 변질의 위험도 있다.

삭막한 환경 속에서 본연의 면모를 잃지 않고 내면의 아름다움을 오래도록 지탱할 수 있는 것은, 인간 심성의 깊은 곳에 존재하는 사랑의 힘 때문이다. 사랑은 인간을 나약하게 만들고, 어느 순간에는 인간을 강하게 만드는 에너지를 가지고 있다.

자신을 구속하는 것은 타인의 눈이나 손이 아니라 자기 자신이다. 이런 면에서 사람은 누구나 자신이 쳐놓은 그 물에 걸려 스스로를 괴롭히는 존재다. 아무것도 기대하지 않는 것, 다만 줄 뿐 어떤 대가도 바라지 않는 것만이 스스로 자신을 자유롭게 한다.

사랑은 양면성을 전제로 성립한다. 소유하고 싶은 만큼 소유 당하기를 희망하는 것이 사랑이고, 영원을 다짐하나 순간도 포기하지 않는 것이 사랑이다. 사랑의 속성 중 하나가 승패가 없다는 점이다. 이룸이라는 자체도 추상적이므로 이루어진 사랑이 반드시 이루어지지 않은 사랑보다 강할 수 없다.

우리는 누군가를 애틋하게 사랑하기보다 증오와 멸시, 처절하게 매도하는 데 익숙해져 있다. 그 결과 서로를 불신하고 자신에게마저 인색하다. 이제 저급한 습성을 떨치고 일어서야 한다. 이기심에서 벗어나야 하고, 아집과 독선을 떨쳐내야 한다.

사랑이라는 미명 아래 무질서가 만연되고, 조상들이 보물처럼 지켜온 것이 쉽게 무너지고 있다. 그것은 비극이다. 지켜야 할 것은 지켜져야 참다운 가치를 발휘할 수 있다. 지난 시절의 편협한 마음에서 벗어나 큰마음을 지녀야 한다. 사랑은 자신을 자신 이상의 존재로 격상시키며 새로운 힘까지 우려낼 수 있는 능력을 지닌다.

이 땅은 우리만 살고 갈 곳이 아니라, 우리 후손이 영원히 살아야 할 터전이다. 사랑으로 충만하여 서로 믿고 사는 인간관계가 형성되어야 한다.

이제 가슴에 사랑의 꽃을 피우고 그 향기와 빛깔의 의미를 되새겨야 한다. 순간의 기분으로 자기 인생을 소비하려 하지 말고 긴 안목과 넓은 가슴으로 감싸 안아야 한다.

영혼의 값진 의미, 사랑의 묘목을 심어야 한다.

만 남

모든 인연은 만남을 통해 문이 열리고, 문과 문을 연결해 놓은 삶의 길 위에는 많은 인연들이 과수원의 과실처럼 풍성하다.

인연에는 선연도 있지만 처음부터 맺어지지 않았어야 될 악연도 있다. 개중에 풋내가 가시지 않은 어설픈 열매도 있고, 제 맛이 들어 단내가 진동하는 것도 있으며, 정도가 지나쳐 손에 들기도 전에 땅에 떨어져 썩는 열매도 있다.

너무 일찍 딴 과일을 손에 들고 자신의 성급함에 아쉬워하고, 좀 더 일찍 따서 제대로 간수하지 못했을까 하는 후회로 수확의 기쁨을 만끽하지 못하는 경우도 있다.

'과유불급'이란 이런 것을 두고 하는 말이다. 때가 중요한 것은 이 때문이다. 때에 맞춰 만남이 이루어지는 것은 행운 중의 행운이지만, 그렇지 못한 경우가 많아 사람들은 저마다 아픔을 감내하며 쓰린 가슴을 안고 살아간다.

만남의 대상을 사람에만 국한할 필요는 없다. 기리는 모든 것이 만나야만 되기 때문이다. 유한적 존재에 불과한 우리들에게 있어 어느 것도 소중하지 않은 것이 없다.

결핍을 채워줄 존재들 – 가난한 젊은 부부가 지친 몸을 끌고 들어와 편히 쉴 수 있는 집, 배움의 때를 놓친 이들이 지식을 보충할 수 있는 기회, 마땅히 할 일이 없어 배회하는 중년의 사내가 어깨를 펴고 들어갈 수 있는 직장, 노인에게 그동안의 힘겨움을 보상해줄 사회의 배려…. 이 모든 것은 그들이 만나야 할 것이다.

행복은 밖에서 찾아오는 것이 아니라, 스스로 가꾸고 보듬어 키우는 것이다. 수단과 방법을 가리지 않게 되면 사람을 천박하게 할 우려가 있다. 수도修道란 만남을 조절하는 일에 지나지 않는다. 악연을 선연으로 만드는 길도 이 안에 있다.

사회가 어려워졌다고 탄식하는 소리가 높다. 이러한 상황에서는 어떤 기적도 기대할 수가 없다. 과도한 유물주의를 어떠한 방법으로든, 정신에 가치를 부여해 유심주의로 전환하지 않으면 개인이나 사회의 행복은 요원하다.

만남의 의미는 처음부터 규정된 것이 아니라, 만들어 가는 것임을 깨닫지 않는 한, 인간의 행복은 골짜기에서 나오지 못한다.

오늘의 현실은 새로운 만남의 문을 열 수 있는 절호의 기회다. 정신적 공복을 채우지 않으면 그 어떤 것과의 만남도 무의미하다. 우리 사회와 개개인이 정신적 강자가 되지 않으면, 우리는 언제까지 열등한 상태에서 벗어날 수 없다.

새로운 만남의 길이 열리기를 기원하고 또 기대할 뿐이다.

흥부와 놀부 사이

흥부와 놀부가 부러진 제비의 다리를 고쳐준다.

흥부는 부귀와 영화를 얻었으나, 놀부는 빈털터리가 되어 후세에 혹독한 비난을 받았다. 사람들은 몇백 년 동안 놀부의 욕심을 나무랐다.

'신판 흥부전'에서는 원전原典과 달리 놀부를 두둔한다. 원전에서의 놀부 행위는 권선징악적 관점에서 욕심을 넘어선 과욕이고, 신판에서 놀부의 욕심은 오늘과 같은 험악한 세상에서 남보다 잘 살기 위한 뛰어난 처세술로 해석한다.

세태의 변화가 옳고 그름의 판단기준을 바꾸어 놓았다.

악화가 양화를 구축하듯, 과거에 잘못된 가치관이 바른 가치관으로 바뀌게 되었다. 선과 악의 기준이 변별력을 잃은 괴벽의 논리라 하겠다.

산천이 수만 번 바뀌어도 변할 수 없는 진리가 있다. 욕심이 지나치면 과욕이 된다. 그것은 명예욕으로 사치와 허욕일 수 있고, 아집으로 발전되기도 한다.

사람이 사는 사회가 순수만으로 만사가 형통할 수 없는 인간관계에서는 서로의 욕심이 우선하게 된다.

'명예를 생각하면 부를 버리고, 부를 생각하면 명예를 버려라'는 말이 있다.

전력투구를 해도 두 마리 토끼는 잡기 어려운 법이다. 두 마리의 토끼를 잡으려다 한 마리도 잡지 못하는 어리석음은 정신의 고귀함도 육신의 안락함도 잃어버리게 된다.

그것을 알면서도 순수한 자기를 지킬 수 없는 것이 현실이다. 허물어진 마음들로 세상이 한없이 혼탁하기에, 진실이 돋보이는 것도 현실이다.

푸른 하늘을 날렵하게 날고 있는 제비를 보는 것이 어려운 일이 되어버렸다. 우리의 안락을 위해 산을 허물고 강을 오염시키고 더 많은 쓰레기더미를 만들어내고 있다. 좀 더 편하게 살려는 인간의 욕심이 자연환경을 파괴해 버리고 말았다.

우리는 자신 외에는 돌아볼 수 있는 여유를 잃어버리고, 온갖 욕심으로 발버둥치고 있는 것은 아닐까. 돌이킬 수 없는 지경이 되기 전에 커다란 각성이 필요하다.

이제, 열악한 환경 속에서도 누구나 다시 한 번, 잘 살아보자는 계획을 가질 필요가 있다. 무엇이 잘 살 수 있는 것인지 숙고할 때, 참다운 길로 이어지게 된다.

신판 흥부전에 열광했던 시대는 갔다. 다시 고전으로 돌아가 무엇이 진정한 가치인가를 돌아볼 때가 되었다.

순수한 자기 혁신, 과욕을 부리지 않는 현실에서 이루어질 수 있는 깨끗한 계획이 필요한 때다.

사랑, 사랑

바람이 분다.

단풍이 산야를 붉게 물들이고 있다.

트렌치코트 깃을 세우고 한적한 길을 걷고 싶다.

산야의 단풍은 열정적인 사랑을 마무리하고, 내일 스러져 흙으로 돌아갈 운명인 줄 알면서도, 색색의 모습으로 불타는 생명력은 혼신을 다해 마지막을 창연하게 장식한다.

내가 수필에 바치는 열정도 값을 매길 수 없는 지고지순의 사랑이다.

사랑은 상대에게 바라는 것이 아니라, 아낌없이 주고 싶은 마음이다. 수필을 알고 그 품에 들어가 가없는 사랑을 바치기로 결심한 것이 50여 년의 세월이 넘었지만, 그 사랑은 빛을 잃지 않는다.

세월에 비례해 퇴색되는 것은 사랑이 아니다. 사랑은 진중한 마음을 뿌리처럼 한가운데 두고, 그 표현의 방법에서 다각도로 새로움을 모색한다. 옷을 바꾸어 입는다고 사람이 달라지는 것은 아니다. 수필에 대한 나의 사랑은 이처럼 철따라 색감과 두께를 달리 표현한다.

서초동 내 방에는 20년의 연륜이 밴 『수필학』 20집과 30년이 다가오는 계간지 『현대수필』이 쌓여 있다. 이 책에서 풍기는 향기는 어떤 여인의 향기보다 더 진하다.

내 문학은 사랑에서 출발하여 사랑으로 완성하고 싶다.

『수필학』을 비매품으로 발간하는 아집, 『현대수필』을 정도正道의 잡지로 자리매김하고 싶은 마음도 사랑하는 대상에 바치는 나의 지순한 헌사다. 대가를 바라고 하는 것은 한계에 부딪히지만, 좋아서 몰두하는 일에는 저절로 신명이 난다.

씨를 뿌리는 사람은 열매의 달콤함을 좇아가지 않는다. 오로지 쟁기를 매고 밭을 갈 뿐이다. 비우게 되면 다른 것이 더 많이 들어차는 '비움의 미학'을 종심에 이르러서 깨닫는다. 수필에 대해서는 더더욱 그러하다.

수필은 매 순간 성찰하게 하여 마음의 중심을 세워주고, 세상을 향한 눈을 뜨게 한다. 사랑하는 마음은 낮은 곳의 신음에 귀 기울이고, 높은 곳을 향해 도전하는 마음을 불러일으킨다. 삶의 중심에 수필이 거하는 자리를 마련하는 것은 사랑의 발아점이며 행운의 시작이다. 수필과 함께 하는 일은 피할 수 없는 상처와 고통마저 감사에 이르게 한다.

세상을 살면서 나에게 죄가 있다면 '사랑'한 죄목이다.

그 죄목이 중하여 값을 치른다고 해도, 나는 그 사랑을 접지 않을 것이다.

그 사랑 – 갈수록 산야를 처연하게 물들이는 단풍을 닮았다.

사람 향기

사람에겐 그 사람만이 지니고 있는 향기가 있다.

세상 사람 얼굴이 다 다르듯이, 사람마다 풍기는 향기도 다르다. 인간관계에서 그 누구도 완전할 수 없듯, 생각이 다르고 취향이 다르고 성향이 다르다. 그 중 어느 것을 더 많이 지니고 있느냐에 따라 그 사람에게서 풍겨나는 향기도 달라진다.

향기를 생각하면 '조경희 선생'을 떠올리게 된다. 그분의 향기는 친절함 – 유대감을 통한 결속이라고 말할 수 있다. 이 점은 다른 사람이 지닐 수 없는 매력이다. 떨쳐내고 도망칠 수 없게 하는 그분의 무기이기도 하다.

지극히 개인적인 일이지만, 나를 만나면 먼저 당신의 어머니도 '파평 윤 씨'였다는 사실을 강조하곤 했다. 결코 남이 아니라는 말이니 불만이 좀 있다 해도 맞설 수 없게 만들어놓고 만다. 유대감을 향기로 승화시키는 지혜, 이것이 조경희 선생의 대표적인 이미지다. '치마를 두르고 있어 여자지, 남자보다 낫다'는 말로 회자되었다.

조경희 선생의 수필은 주로 일상생활에서 소재를 포착하여 향기 나는 인정세태를 그리고 있다. 「얼굴」이 그렇고, 「여행」, 「나의 하루」, 「재떨이」, 「판관과 그들의 부인」이 그렇다. 그분의 수필을 읽으면 어느새 그분만이 지닐 수 있는 향기에 젖어든다.

선생은 조선일보 학예부 기자를 시작으로 여러 신문사의 부장을 거쳐 주간한국의 논설위원을 지냈고, 여기자 클럽 회장을 맡기도 했다. 문단활동에도 두각을 나타내고 무수한 직책을 수행하고 문단의 큰 나무로 활동을 했다.

작품집 『골목은 나보다 늦게 깬다』가 떠오른다. 책 제목처럼 그분은 부지런한 사람이다. 어느 모임에 가보아도 늘 먼저 와서 사람을 맞는다. 누구보다도 먼저 깨어 주변에 햇살을 뿌리고 사셨던 아침과 같은 사람이다. 우리 시대에 “골목은 나보다 늦게 깬다”고 외칠 사람이 얼마나 될까.

세상을 떠난 지 오래되었는데도 선생을 기리는 사람들이 적지 않은 것은 오늘을 사는 사람들이 마음이 허전해서이고 누군가 따뜻하게 맞아줄 손길이 그립기 때문이다. 지금도 생각나는 것은 이 분의 걸걸한 목소리로 툭 던지고 가는 한마디 말, 정으로 상대를 꼼짝 못하게 하는 뚝배기 같은 성품 때문이다.

“우리 어머니도 윤 선생과 같이 파평 윤 씨였어.”

지금까지 그 표정이 기억되는 것은 이 한 마디가 담고 있는 위력 때문이다. 운명적 동질감을 부각시켜 상대를 끌어안는 힘 앞에 누가 이 끈을 끊고 달아날 수 있을까. 이런 마음을 움직이는 특유의 접근법이 조경희 선생의 향기이며 문학세계다.

술잔 나누기

술은 권커니 잣거니 하는 데 그 진미가 있다고 한다.

기인 권덕규는 집을 팔아 몽땅 술을 마시고는 호기 좋게 "이제까지는 내가 집 속에서 살았다면, 오늘부턴 네가 내 속에 사는구나"라고 큰소리를 쳤다. 이런 행동은 기인이니까 있을 수 있는 얘기다. 아무나 집 팔아 술 마시다가는 폐가하기 일쑤다.

그러나 알맞은 술, 적당한 취기는 생활의 윤활유가 된다.

술은 소심한 사람을 대담하게 변모시켜 주고, 맑은 정신으로는 용납될 수 없는 행동거지와 언행을 허용하는 특전과 실수를 묵인하는 약이 되기도 한다. 사람에 따라 술을 낭만의 징검다리로 생각하며 풍요의 시간을 갖기도 한다. 술 자체를 즐기는 것이 아니라, 술이 있는 자리에서 한담과 분위기를 즐기는 것이다.

술을 마시고 난 후에 따르는 숙취와 추태를 생각하면, 알고는 마시지 못할 것이 술이 아닐까. 여기서도 문제는 있다. 생리적으로 술이 받지 않는 사람에게 억지로 술을 권하는 것은 고역이다. 이런 술 문화는 시정되어야 한다.

술은 좋아서 마셔야 제 구실을 하게 된다. 술 권하는 사회란 진취적, 참신성보다는 퇴영적이며 은둔적이다.

또 하나의 문제는 술잔이다. 권하는 사람은 자기의 술잔으로 상대에게 술을 마시게 한다. 까짓 술잔 좀 같이 쓰는 게 어떠냐고, 권커니 잣거니 하는데 술의 참맛이 있는 건데, 너는 네 술잔에, 나는 내 술잔에 술을 따라 마신다면 그 무슨 맛이 있느냐고 호통을 치는 사람도 있지만, 호기가 지나쳐 만용이 되는 경우는 피해야 한다. 술 못하는 사람에게 억지로 권하고, 같은 술잔을 주고받는 것도 바람직하지 않다.

술 마시는 사람마다 갖고 있는 주벽도 가지가지다.

친구 중에 술을 밥보다 즐기는 사람이 있어 한때 끌려 다닌 적이 있다. 그 친구 주벽이 타의 추종을 불허하는 지라, 술이 거나해진 다음은 요설로 시작하여 자기 힐난, 햄릿의 비극을 불사할 정도의 연기까지 도맡아 구사하니 받아주기 힘들었다.

이제는 술이 허튼 만용이나 의협을 부리기 위한 수단으로 악용되어서는 안 된다.

술은 하나의 사교이고, 레크리에이션일 수도 있다. 바쁜 집무로 피곤해진 몸을 한두 잔 술로 해소하는 여유와 가벼운 기분전환이어야 한다. 그것이 도를 넘어 타성이 되는 것은 피해야 한다. 술이 사람을 이끄는 일은 없어야 한다.

샐러리맨의 응어리진 애환을 술로 풀 수 있다면 더할 수 없이 좋은 방법이지만, 최소한의 에티켓은 지켜야 하는 술자리여야 하지 않을까.

문학, 문학인

질서는 견제가 동반된 균형의 한 형태다.

무게를 알기 위해 저울에 추를 다는 것과 같은 원리다. 어느 한 면에 힘을 실어야 가속도가 붙어 효과를 볼 수 있듯, 모든 불행과 파국은 조화와 질서를 의식하지 않는 데서 온다.

우리는 그동안 많은 억지에 길들여져 왔다. 그것은 '하면 된다'라는 논리 때문이다. 시대를 초월하여 당면한 현실을 해결하는 길은 무조건 '하면 된다'고 밀어붙이기보다 조건을 제시하여 방향을 잡고 노력하는 자연스러운 원리를 주축으로 해야 한다.

문학이 상징적 표상체로서 자리매김하기 위해서는 보수와 개혁을 수용하고, 그 가치발현에 주력해야만 한다. 문학이 궁극적으로 추구하는 것은 인간 본질에 대한 탐구와 우주와의 내적조화다. 그 방법의 실천이 로고스적 인가, 파토스적 인가를 우선 해결해야 하지만 그 결과는 하나일 수밖에 없다.

이를 순수니, 참여니 하며 포장해서 서로가 상극적 자세를 취하는 건 바람직하지 않다. 이런 문제로 자리다툼을 할 만큼 정치적 속성을 지녀서도 안 된다.

흐르지 않는 물은 썩듯, 멈추어 있는 사고는 시대의 요구를 수용할 수 없다.

근원적인 것을 사색하고, 가치 있는 아름다움을 모색해야 할 작가가 문학과 무관한 일에 시간을 허비하는 것은 진정한 문학가의 길이 아니다.

지금은 개혁과 혁신이 필요한 때다. 새로운 시대를 어떻게 구상하며, 미래를 대비할까 숙고할 때다. 어떤 일이든 때가 있고 명분이 선명해야 한다.

의례적 장식품에 지나지 않은 시, 문학성이 아닌 다른 목적을 가지고 창작한 소설, 아이들 일기 수준에도 미치지 않는 수필은 스스로 문학의 권외로 떠나야 한다.

문학은 치열한 자기와의 싸움이어야 한다. 문학은 결코 심심풀이로 값싸게 창작해서는 안 된다. 보다 발전하고 나은 경지에 이르기 위해서는 문학적 고뇌를 안고, 그 아픔을 감내하며 결연한 의지로 당당함을 보여야 한다.

수필도 새로운 세계를 향해 도약해야 한다.

과거회상의 구태에서 벗어나 새로운 눈을 넓혀 얻은 통찰을 형상화해야 한다.

인간을 진정으로 이해하고, 그 이해를 통해 인류에게 닥칠 여러 문제를 도출하여 해답을 제시할 수 있는 지적 수준을 갖추고 작품을 모색해 나가야 한다.

그것이 문학을 위해, 문학인으로 우리가 지켜야 하는 자존심이다.

구름카페 문학상

문학의 위기를 논하면서도 문인의 숫자는 꾸준히 증가하고, 인터넷의 보급으로 활자책의 존폐까지 논의되는 가운데도 스테디셀러는 늘어간다. 스스로 삶의 위안을 위해 글을 쓰지만, 그 존재가치가 독자와 함께할 때 비로소 빛을 발한다.

문학은 혼자만의 독백이나 세상에 대한 한풀이가 아니라 함께 고뇌하면 더 나은 미래를 향한 비전을 제시할 수 있을 때, 더욱 빛난다. 그런 글을 쓰기 위해서 문학인은 오늘도 밤늦도록 책상에 앉아 무디어지는 감각을 일깨우며 사유의 끈을 놓치지 않으려 부단히 노력한다. 그런 노력의 결과가 수상의 영예와 함께하며, 그 상이 축하와 격려 속에 받게 되면 작가는 문학에 대한 보상이며 큰 보람을 느끼게 된다.

나는 그런 문학상을 하나 만들고 싶다. 작가라면 누구나 받고 싶어 하는 상, 그 상을 받는 사람에게 누구든 진심으로 축하해 주는 상을 만들고 싶다. 그 상은 상금도 없다. 축하객은 장미꽃 한 송이를 선물로 들고 와 상을 받는 사람에게 주고, 그 장미꽃에만 둘러싸여 있어도 행복한 그런 상을 제정하고 싶다.

프랑스의 권위 있는 콩쿠르문학상은 열 사람의 심사위원이 드루앙 카페에 모여 심사를 한다. 그 상은 세계 3대 문학상이라 할 만큼 유명한 상이지만 상금은 고작 10유로다. 상금은 상징적으로 수여되고, 수상작은 세계 30개국 언어로 번역 출간되며, 수상자는 부와 명성을 얻게 된다. 이런 상을 보면서 '구름카페 문학상'을 구상한다.

'구름'과 '카페'는 일견 잘 어울리지 않는 듯하지만, 자유롭다는 면에서 보면 그보다 더 조화로울 수 없다. 고희가 되어 지은 호를 운정雲亭이라고 한 것도 경직된 틀과 고답적인 것에서 벗어나 구름과 같은 자유를 꿈꾸기 때문이다. 풍광 수려한 곳에 사철 물소리가 끊이지 않고, 솔향기 그윽한 구름정자에 사람들이 모여 열띤 토론 끝에 '정자 학풍' 하나 바로 세워 어지러운 세상에 소쇄瀟灑한 기운을 불어넣으려 한다.

수필은 무형식의 문학이며 자유의 문학이다. 형식이 없다는 것은 방종을 의미하는 것이 아니다. 오히려 자신만의 독특한 시도로 새로운 틀을 무한하게 만들어낼 수 있는 가능성을 지니고 있는 것이 수필의 본령이며 묘미다.

구름카페 문학상을 언제 제정할지 아직 결정하기에 이르다. 포도주가 세월의 기운으로 저절로 숙성되어야 풍미를 오래 간직하듯, 서둘지 않고 '구름카페 문학상'이 익어가기를 기다리고 있다.

불 조절을 잘해서 볶아낸 커피 알이 독특한 향미를 내는 것처럼 수필작가라면 누구나 목마르게 기다리는, 기다림의 과정조차 즐겁고 아름다운 상을 위해 숙성 중이다.

가을의 출구

가을은 성숙의 계절이다.

어제를 떨쳐버린 나뭇잎은 가을 속을 구르고 있다.

말없이 떠난 사람이 그리워지고, 누구를 만나야 할 것 같은 텅 빈 마음이 되는 것도 이 계절의 썰렁한 바람이 스며드는 날부터다.

진정한 가을은 우리의 마음에서 비롯된다. 조급함에서 해방된 자신을 만난다. 본연의 사고로 대화를 하고 여유를 찾는다. 기억할 수 없는 어느 뜨락의 한가운데에서 새로운 계절의 체취를 느끼고 옷깃을 여며야 하는 것도 이 계절의 문턱을 들어선 오후부터다.

가을의 문턱에서는 성숙한 사람의 가슴에 드리워진 두려움과 같은 것이고, 자신의 습관적 행위가 어설프게까지 느껴지기도 한다.

가을은 물빛 같은 마음을 가진 사람과 바람의 체취를 담은 사람이 가슴을 앓는 계절이다. 치유의 방법을 생각할 필요도 없고, 다만 감정에 몰입하며 깊이 사고할 계절이다. 밤새 뒤척이다 먼 하늘을 바라보는 것이 가을을 살아내는 바른 수용 방법이다.

가을에는 '나' 속으로 들어가야 한다. 아무런 미련과 두려움 없이, 사랑과 미움도 거부한 채, '자신' 속으로 잠식해야 한다. 서두르고 뒤뚱거리며 공연한 허세를 부려서도 안 된다. 낙엽을 밟고, 낙엽이 쌓인 숲에서 그들이 계절 속으로 말없이 걸어가는 소리에 귀 기울여야 한다.

가을을 사랑하는 것은 자신의 삶을 사랑하는 것과 같다. 자신을 사랑하지 않는 사람은 가을을 사랑할 수 없다. 그것은 우리가 공허까지도 즐길 줄 아는 가을의 주민이기 때문이다.

우리는 이제, 우리가 만든 신神, 그 신이 만든 가을을 살고 있다. '나'를 계절 속에 내던져 얼마나 다져져 있는가를 확인하고 있다.

논어 위정편을 떠올린다. 일찍이 학문에 뜻을 두고 가치관을 세우는 시기가 내 인생의 봄이라면, 삶의 목표를 정하고 오로지 한 길로 용맹 정진하던 시기가 여름이었던가. 세상의 유혹에 흔들리지 않고 하늘의 섭리를 믿으며 이 계절까지 왔다.

가을 깊숙이 들어와 스스로 결실도 튼실하다고 자긍심을 가진다. 그것은 세상의 기준이 아니라 가을의 주민으로서의 판단이다. 가을의 출구에서 하늘의 섭리를 깨우쳐 옳고 그름을 판단할 수 있고, 그리하여 하고 싶은 대로 하며 살아도 법도에 어긋남이 없으려나. 고전古典에 기대어 본다.

가을은 진취적이고 행동해야 하는 때다.

가을의 출구를 통해 길을 나설 때, 우리는 진정한 아름다움과 충만의 희열을 배울 수 있다.

낙엽처럼 빈 마음으로 길을 떠날 때면….

수필의 길을 걸으며

1.

'길'은 모든 만남을 주선하는 실질적 주최자라고도 볼 수 있습니다.

어떻게 말을 하든 틀린 대답은 없을 겁니다. 우린 이미 먼 길을 걸어오면서 수많은 길을 봤으니까요. 길은 인위적으로 만들어진 것 같지만, 태초에는 세상 모두가 길이었습니다.

사방이 길이었으니까요. 막힌 곳이 없으니, 어디든 걸음을 내디디면 길이 됐습니다.

그 자리에 문명이 들어와 앉아, 자리를 차지해 가면서

길은 지금 이들의 틈에 끼어 겨우 경계나 표시하는 일을 하며 명맥을 유지하고 있는 형편입니다.

그러나 길은 이런 물리적인 길만 있는 것이 아닙니다.

우리의 삶도 길 위에서 펼쳐집니다. 찾아오기도 하고, 또 찾아가기도 합니다. 모든 삶의 현실은 길을 따라가며, 길 위에서 벌어지는 일들입니다.

길은 무대舞臺이기도 합니다. 많은 이들은 어제 이미 밟고 갔던 길만 계속 밟고, 어떤 이는 새로운 길을 단단하게 만들기도 합니다. 또 어떤 이는 앞서 갔던 사람의 뒤를 따라 그 길만을 밟고 가면서 길을 길답게 다져 놓기도 합니다.

길은 육지 위에만 있는 것이 아니라, 바다에도 하늘에도 있습니다. 갔던 길과 가지 않은 길만이 있을 뿐, 길이 아닌 것이 없습니다.

우리의 일생은 이 '길'이라고 하는 배경 위에서 펼쳐집니다. 그러다보니 역사도 길이고, 문화도 길이며 철학도 길입니다. 나는 60년 동안, 이 길 위에서 살아왔습니다. 남은 시간이 얼마인지는 모르지만, 버릇처럼 이 길을 밟고 어디든 갈 것입니다.

나는 길을 어머니라고 생각하기도 하고, 아버지라고도 여깁니다. 이분들 덕분에 내 삶의 첫 번째 발자국은 아직도 경기도 안성安城 어디인가에 남아 있을 것입니다.

땅속 어딘가에 묻혀 있겠지요.

남의 눈에 보이지 않아도 분명히 그 어느 곳에 있을 겁니다. 그곳이 내 고향이고, 어느 정도의 나이에 이를 때까지 그곳을 떠나본 적이 없기 때문입니다.

안성 – 비교적 한적한 시골이던 안성에서 소년 시기를 보내면서 해방을 맞았고 이어진 6·25전쟁과 국가위기사태로 누구나 가난할 수밖에 없는 시절을 살았습니다. 그때의 소망은 과수원을 장만하여, 주변현실에 휘둘리지 않고, 나를 찾아오는 이웃들과 어울려 사는 것이 유일한 꿈이었습니다.

열매가 주렁주렁 매달린 과일 곁에서, 그들의 머슴이 되어 조용히 살고 싶었습니다. 과수원 한쪽에 통나무로 엮은 집을 마련해 놓고, 그 안에서 송진 냄새를 맡으며 촌부村夫로 살고 싶었습니다.

이것은 당시 나뿐만 아니라 많은 젊은이들의 생각이었습니다. 사람은 누구나 흙의 아들이고 흙의 딸이라고 여겨 땅이 부모이고 조상이라 생각하며 땅과 함께 살아야 한다고 여길 때였으니까요.

지금 생각해보면, 그때는 누구나 순박했습니다.

모든 것을 순리대로 따라가며 풀처럼, 때로는 바위처럼 살았으니까요. 모두 그렇게 살다, 그곳의 흙이 될 것이라고 믿고 살았습니다. 이것을 보면 사람을 만드는 것은 교육이나 법, 제도 같은 것이 아니라 자연임이 분명합니다. 자연이 도덕이고, 신앙의 대상이었으니까요.

나는 그때의 내 삶을 통해, 이것을 절실히 느꼈기에 과수원의 주인이 되고 싶었습니다. 이런 생각을 한 것은 당시 '안성'은 농촌으로 비교적 한적한 시골이었기 때문이라, 그랬던 것 같습니다.

그러나, 운명이 스스로 알아서 새로운 길을 만들어놓고 나로 하여금 그 위를 걸어가게 했습니다. 이것도 세상은 마음처럼 되는 것이 아니라는 것을 입증해주는 예였습니다.

그 후, 대학진학을 위해 서울로 올라왔습니다.

전후戰後에 '배워야 살 수 있다'는 생각이 팽배해지고, 과수원 주인이 되는 것도 쉽지 않다는 것을 알았기에 궤

도수정을 할 수밖에 없었습니다. 그러나 안성 주변에 문과대학이 없어, 하숙생활을 할 요량으로 짐을 싸서 안성 탈출을 감행했습니다.

현실이 변하고 주변의 환경이 바뀌었기 때문이기도 하지만, 그것이 내 운명이었는지도 모릅니다.

문과대학에 입학한 인연으로 그때 평생의 운명적 반려자를 만났으니까요. 그 이름은 '수필'이었습니다. 성姓도 없이 이름만 있는 '수필'이었습니다.

과수원 주인의 꿈은 깨지고 말았지만, 후회하지 않는 것은 평생의 반려자를 만났기 때문입니다. 제약이 많지 않고 무슨 말을 해도 다 받아주는 이를 만나, 그 인연을 지금까지 이어오고 있습니다.

지금까지 다른 어떤 길에도 눈길 한 번 준 적 없이, 오직 한길만을 고집하며 걸어올 수 있었습니다.

나는 내 '길'에 큰 불만 없이, 늘 고맙기만 합니다.

어느 면에서 보면 나는 낚시를 하는 강태공같이 살아왔습니다. 늘 무엇인가를 낚아 올리려 마음을 모으고, 한 곳만 주시하며 살아왔기 때문입니다. 월척越尺이 내 낚시의 '찌'를 움직일 때까지 숨죽이고 기다리는 시간을 보냈습니다. 사람 속에서 이해관계에 휘둘리지 않고, 내면의 세계에 잠겨 사는 일이 값진 일이라 여겨져, 다시 태어나도 또 같은 길을 갈 것입니다.

이 일은 앞으로도 갈 길이 무한해, 누군가는 이 일에 관리자가 되어 계속 이어가야만 합니다.

지금은 이전과 달리 사회의 변화가 빠르게 추진되고 있는 데다 물질지상주의가 판을 쳐, 유용한 물품을 생산해 실생활에 이용케 하거나, 기술을 개발하는 일이 더 잘 사는 일이고, 인류에 기여하는 것으로 생각하는 사람이 많습니다. 그런 것도 의미 있는 일이지만 다양화된 사회현실의 빈틈을 메우며, 서로 부딪혀 생겨나는 잡음을 조율해 순조롭게 함으로써, 분노의 불을 끌 수 있는 '문학의 전각殿閣'을 누군가가 지켜야 합니다.

2.

지금은 창의력과 변화, 상상력과 도전을 요구합니다.

모든 예술은 시간이 지날수록 변해가고, 젊어지고 있습니다.

수필도 그와 같은 추세입니다. 수필가는 많지만, 요즘

은 더욱 그 정점을 찾지 못해 한계점에서 벗어나지 못하고 있습니다. 위기감을 느낍니다. 그런 의미에서 '골방수필'을 벗어나기 위해 많은 고민을 했습니다.

새로운 수필세계의 필요성에 대해 머리를 싸매지 않을 수가 없습니다. 그 결과 '퓨전수필', 아방가르드 글쓰기, '마당수필', '실험수필'과 같은 도전적 작품들을 주장하고, 함께 공부하는 문우들과 수필문학의 다양성을 추구하며 새로운 가능성을 탐구하고 시도하게 되었습니다.

나의 수필관은 분명합니다.

해체를 통한 융합, 융합을 통한 해체로써 옛것을 중요하게 인정하면서 시대에 맞는 수필 – 시대를 앞서가는 수필쓰기를 지향합니다.

작가의 몸짓은 경험 속에서 축적된 무의식의 표출, 자유 그 자체의 소신이므로 다른 장르를 자연스럽게 넘나들 수 있는 환경이 설정되어야 합니다.

메시지가 있어야 하므로, 작가의 철학이 작품 안에 용해되어야 합니다.

설계가 잘되지 않은 집은 견고하지 않기에, 수필이론을 생각해야 합니다. '소설학'이 있고, '시학'이 있는 문단에서 '수필학'의 필요성을 절실하게 느끼게 되었습니다. 그 고민의 결과로, 그동안 비매품 『수필학』을 20호까지 발간하여 수필가와 도서관에 보냈습니다.

고민은 그것만이 아니었어요. 작가에게 수필가의 정체성을 살리며, 긍지를 갖고 활동할 수 있도록 2001년 '수필의 날'을 제정했습니다. 이 행사는 6년 동안 『현대수필사』에서 주관하다 7회부터 범汎 수필적 차원에서 한국문인협회 수필분과로 위임하였습니다. 보다 중요한 것은 시대와 동행하는 창작을 위해 끊임없이 도전을 거듭하며 새로운 이론을 제시한 것입니다.

수필문학의 환골탈태를 위해, 실험적 글쓰기에 도전한 것입니다.

2012년에는 수필에 대한 아방가르드적 『수필아포리즘』이 발간되었습니다.

수필은 이 시대의 절실한 문학예술입니다. 함께 공부하는 작가 중에서 실험수필로 '아방가르드 에세이'를 발간하고, 그 외에도 많은 작가가 다양한 실험수필을 창작하고 있습니다. 나에게는 적지 않은 보람입니다. 그들의 노력은 나의 땀방울이며, 결실이기도 하지요.

나의 수필관은 정신무장을 강조할 뿐, 수필 쓰는 방법을 구체적으로 제시하지는 않습니다. 사람마다 모습이 다르고 정신세계가 다른데, 획일적으로 쓰는 것은 위험하기 때문입니다.

작가에겐 자신만의 브랜드가 있어야 합니다. 개성과 끼가 있는 작가, 철학과 새로움에 도전하는 작가가 되기를 제시하며, 자기만의 '창작의 길'을 발휘할 수 있도록 창작 마당을 제공해 주는데 목표를 두고 있습니다.

1+1=2라기보다 3이 될 수 있고, 100이 될 수 있는 작품이 창작되길 바랍니다.

잔잔한 호수에 돌을 던지는 역할, 그때 던진 돌로 파생되는 여러 물살의 파장이 창작행위를 돕기 위한 자산이 되는 것이지요. 모든 것을 흡수해 갈 수 있도록 스펀지와 물의 관계를 설정하는 것입니다.

첼로의 거장巨匠 로스토로포비치가 그의 제자 첼리스트 장한나에게 공식에 얽매이지 말고 "네 스스로의 음악세계를 열어가라"고 제시했던 것처럼 말입니다.

미술 분야도 전통적인 화가는 팔레트에 물감을 풀어 붓으로 그리지만, 미국의 추상표현주의 화가 잭슨 폴록은 커다란 캔버스 위로 물감을 흘리고, 끼얹고, 튀기면서 몸 전체로 그림을 그리는 '액션 페인팅' 기법을 선보였습니다.

나는 전통 수필가의 비판에 굴하지 않고, 그 비판의 흐름에 수필관隨筆觀을 맡기고 싶습니다. 예술철학은 시공을 초월한 무한한 마그마이기에, 정답이 없습니다. 예술성에서 벗어나 습관적인 긁적거림이나, 인위적 욕심으로 글을 쓴다면, 능력을 지닌 작가라 해도 허접한 작품을 보여주게 됩니다.

작가는 카오스 속에서도 모든 것을 헤쳐 나갈 줄 알아야 하고 청청한 바다를 바라보고 하늘도 쳐다보며, 응시할 줄도 알아야 합니다.

얼마 전에 발간한 『수필 아포리즘』에도 수필 이론을 함축적으로 제시, 도전과 몰입 – 새로움을 추구하는 것만이 수필이 발전하는 길이라고 했습니다.

이는 생각처럼 쉬운 일이 아니지만, 작가의 고뇌와 진통이 뒤따르면 가능한 일입니다.

종소리로 인해 번뇌가 깨이고 그 깨달음 자체가 허공을 메운다는 말이 있듯, 나와의 만남에서 파생되는 이론과 작품을 함께한 이들에게 나름의 발상전환이 되었으면 좋겠습니다. 이 시대의 수필문학과 미래의 수필문학을 위해 새로운 입지를 세울 수 있는 패러다임으로 거듭났으면 합니다.

지금은 창의력과 변화, 상상력과 도전을 요구하는 시대입니다.

운정 윤재천 연보

1932년 4월 28일 경기도 안성군 안성읍 봉산동 382번지에서 아버지 윤명희, 어머니 박수복의 장남으로 태어남. 이순자(전 동신대 교수)와 결혼하여 1남(윤준호, 여주대 교수) 1녀(윤지선, 소아과 원장).

1952년 안성농업고등학교 졸업
1956년 중앙대학교 국어국문학과 졸업
중앙대학교 대학원 입학
중앙대학교 문과대학 조교(학장실)
1957년 국어국문학회 상임회원
1958년 중앙대학교 대학원 졸업
1960년 중앙대학교 강사(1961. 8)
1962년 상명여자고등학교 교사(1965. 2)
1966년 상명여자사범대학 조교수, 학보사 주간
1967년 「국문학사전」 발간
1968년 상명여자사범대학 국어교육학과 과장
육군사관학교 강사(1969. 2)
한국문화인류학회 회원

1969년 「현대문학」으로 등단

성신여자사범대학 강사(1970. 2)

한국국어연구회 회원

「명작을 찾아서」 발간

1970년 「現代隨筆」 창간

상명여자사범대학 부교수

신문학동인회 회원

한국문인협회 회원

국제펜클럽한국본부 회원

현대수필동인회 회원

1971년 한국수필가협회 이사

한국민속학연구회 회원

건국대학교 강사(1979. 2)

백인문학회 회원

한국비교문학회 회원

1972년 상명여자사범대학 도서관장

중앙대학교 「국우회」 대표

한국출판학회 회원

1973년 이화여자대학교 강사(1977. 2)

한국수필문학연구회 총무이사

백인문학회 감사

「수필문학론(공저)」 발간

「수필작법」 발간

1974년 한국외국어대학교 강사(1978. 2)

수필집 「다리가 예쁜 여인」 발간

1975년 한국수필문학회 회장

상명여자사범대학 학생처장

상명여자사범대학 학생지도연구소 소장

1976년 제4차 아시아PEN대회 참가

노산문학연구회 이사

1977년 한국수필진흥회 이사

한국문인협회 감사

상명여자사범대학 교수

세계평화교수 아카데미 편집위원

1978년 서울여자대학 강사(1979.2)

수필집 「잊어버리고 싶은 여인」 발간

1979년 한국문인협회 이사

상명여자사범대학 대학원 국문학과 학과장

세계평화교수 아카데미 『광장』 주간

「신문장작법」 발간

1980년 중앙대학교 교수

중앙대학교 안성교사 간사학과장

수필집 「문을 여는 여인」 발간

「문장개론(공저)」 발간

1981년 중앙대학교 안성교사 교학부장
신문예동우회 감사
「세계명수필의 이해」 발간
1982년 중앙대학교 생활관장
중대문인회 회장
수필집 「요즈음 사람들」 발간
1983년 국제펜클럽한국본부 이사
한국신문예협회 이사
1984년 안성 「내혜홀」 전승회 고문
안성군지安城郡誌 편찬위원장
1985년 중앙대학교 신문사 주간
수필집 「나를 만나는 시간에」 발간
1986년 전국대학 주간교수협의회 이사
'수필의 과제' 수필특강(충북수필문학회, 충북대)
수필집 「처음과 끝, 그리고 그 사이」 발간
1987년 전국대학 주간교수협의회 회장
'대학신문의 운영실태와 과제' 주제발표(전국대학신문 주간 교수협의회 하계세미나, 낙산비치호텔)
중앙대학교 학생생활연구소 소장
거목문학회 부회장
수필집 「나뉘고 나뉘어도 하나인 우리를 위하여」 발간
1988년 중대문인회 고문

자유문인협회 지도위원

1989년 중앙대학교 학생처장

「한국수필문학상」 수상

전국대학교 학생처장협의회 간사

중대OP산악회 회장

「수필창작의 이론과 실제」 발간

한국문인협회 감사

1990년 수필특강(한국문협경기도지부, 수원시 상공회의소)

「수필문학 산책」 발간

1991년 「장르」지 주간

「노산문학상」 수상

1992년 「현대수필」 창간, 발행인 겸 주간

현대수필문학회 회장

1993년 한국수필학회 회장

「목소리」 창간

1994년 한국수필문학연구소 소장

「수필학」 창간

「펜문학」 편집위원

「현대수필문인회」 발족

1995년 「청색시대」 창간

「계몽수필」 창간

「서초수필문학회」 발족

「수필문학의 이해」 발간

1996년 「한국문학상」 수상

'96 문학의 해' 조직위원회 위원

'수필문학의 현상' 수필특강(제주대 교수세미나실)

'수필과 자율' 수필특강(개여울문학회, 원주시 세미나실)

「수필작품론」 발간

1997년 「분당수필문학회」 발족

「분당수필」 창간

'수필문학의 변화' 주제발표(LA '제10회 해변문학제')

1998년 수필집 「구름카페」 발간

「여류수필작가론」 발간

1999년 수필특강(강원도 대명콘도)

「현대수필작가론」 발간

2000년 「수필 이야기」 발간

2001년 「수필의 날」 제정(경기도 양평군 소재 '참 좋은 생각' 카페에서)

'21세기가 요구하는 수필' 주제발표(한국문화예술진흥원)

예술문화정책연구위원회 연구위원

「수필의 길 40년」 발간

수필집 「어느 로맨티스트의 고백(상.하)」 발간

2002년 '수필의 얼굴은 다양하다' 수필특강(동해문인협회)
수필집 「청바지와 나」 발간
「나의 수필쓰기」 발간

2003년 '문학적 현실에 미치는 전쟁의 피해' 주제발표(제13회 해외한국문학 심포지엄, 한국문인협회 주최, 우즈베키스탄 호텔)
'접목을 통한 발전의 모색' 수필특강(제주대 교수세미나실)
수필특강(청동빛 문학교실, 대전 글사랑 놋다리집)
「여류수필작품론」 발간

2004년 '분단현실 극복을 위한 남북한 문인들의 역할' 주제발표(제14회 해외한국문학 심포지엄, 한국문인협회 주최. 캐나다 토론토 파크플라자호텔)
에코브리지전展 - 수화隨畵 전시회(갤러리 삼성플라자)
'웰빙시대의 모색' 수필특강(부경대 영상세미나실)
'테마수필의 모색' 수필특강(대표에세이문학회 주최, 아리아하우스)
「한국여류수필작품론」 발간
「운정雲亭의 수필론」 발간

2005년 '새로운 통일문학의 기틀이 마련되기를' 주제발표(제15회 해외 한국문학심포지엄, 한국문인협회 주최, 미국 LA웨스틴랙스호텔)

「구름카페 문학상」 제정

「마당수필문학회」 발족

「운정 문학비」 제막(경기도 안성시 보개면 청류재 식물원)

수화隨畵 에세이집 「또 하나의 신화」 발간

2006년 '수필은' 수필특강(경상북도교육청 안동도서관)

'수필, 완성을 향해가는 노정' 수필특강(송파문인협회)

「명수필 바로 알기」 발간

2007년 수화隨畵 에세이집 「떠남에서 신화로」 발간

'시대를 따라가는 수필' 수필특강(대구교대 수필과 지성창작아카데미)

'수필의 시대성' 수필특강(한국밀알선교단, 충북 월악팬션빌)

'변화와 도전이 수필의 발전' 수필특강('시와 수필사', 부산일보 강단)

'마당수필 시대를 열자' 수필특강(스토리문학사, 문학의 집)

2008년 제1회 「올해의 수필인상」 수상

제1회 「산귀래 문학상」 수상

한국문예학술저작권협회 이사

「윤재천 수필문학전집(7권)」 발간

2009년 제1회 「한국문학발전상」 수상(DSB 한국문학방송)

수필집 「도반道伴」 발간

2010년 「흑구문학상」 수상

문학특강(경남 밀양한국문협지부, 시립도서관)

문학특강(경주 동리목월문학관)

「윤재천 수필론」 발간

수필집 「퓨전수필을 말하다」 발간

2011년 한국문인협회 고문

제78차 국제PEN경주대회 준비위원회 자문위원

서초문인협회 자문위원

「윤재천 수필의 길 50년」 발간

2012년 '나의 인생, 나의 문학' 특강(한국문인협회, 대한민국 예술인센터 회의실)

수필집 「수필아포리즘」 발간

「조경희 수필문학상」 수상

「국제PEN 문학상」 수상

문학특강(문학의 집)

'운문화된 수필문학의 미래' 수필특강(강원도 화천문화예술회관)

'수필문학의 나아갈 방향' 수필특강(히딩크호텔, 광주수필문학회)

2013년 국제펜클럽한국본부 고문

2014년 제1회 문학축전, 성남민예총 문학위원회 주최 '수필

대담'(성남시청 온누리홀)

2015년 '수필이 짧아지고 있다' 수필특강(경기도 여주)

2016년 '수필, 통념에서 벗어나야' 수필특강(전주 백송회관)

2017년 한국아동문학연구회 상임고문

운정 윤재천 기증도서 전국문예지 창간전시회(대구 한국수필문학관)

'모든 것은 변하고 있다' 수필특강(한국수필문학관)

수필특강(경기도 안성 '시가 있는 중앙로 사랑방')

「운정 문학비」 제막(경기도 양평군 산귀래별서)

2018년 '수필에 정형定型은 없다' 수필특강(인천 올림포스 호텔)

'작가는 작품으로' 수필특강(안성 중앙도서관 다목적실)

수필집 「구름 위에 지은 집」 발간

제1회 「윤재천문학상」 수상(정목일)

2019년 「운정 윤재천 미수 기념 문집」 발간

2020년 제 20회 「수필의 날」(문학의 집)

제16회 「구름카페문학상」 수상(권남희, 류창희)

제2회 「윤재천문학상」 수상(유혜자)

인생 수필